Schwedenträume

Neubeginn im hohen Norden

„In meinem Hirne rumort es und knackt,
ich glaube, da wird ein Koffer gepackt,
und mein Verstand reist ab – o wehe –
noch früher als ich selber gehe."
Heinrich Heine

Weitere Informationen unter:

**www.norrbooks.com und
www.auswandern-schweden.com**

Hiltrud Baier

Schwedenträume
Neubeginn im hohen Norden

Hiltrud Baier

Schwedenträume

Neubeginn im hohen Norden

ISBN: 978-3-8370-2699-3

© Hiltrud Baier, Jokkmokk, Schweden, 2008

Text: Hiltrud Baier

© Umschlagfoto: Frühling in Dalarna, Snöå Bruk, Hiltrud Baier

Herstellung und Verlag: Books on Demand GmbH, Norderstedt

Gesetzt nach den Regeln der Rechtschreibreform.

Bibliographische Informationen der Deutschen Bibliothek:

Die Deutsche Bibliothek verzeichnet diese Publikation in der Deutschen Nationalbibliographie; detaillierte bibliographische Daten sind im Internet über http://www.dnb.ddb.de abrufbar.

April – und was zuvor geschah

„Nein! Nie im Leben werde ich nach Schweden auswandern!" Diese Worte schleuderte ich Tom entgegen
und lief davon. Dann aber kam alles ganz anders.

Schweden – ein Land, über das ich bisher nur oberflächlich Bescheid wusste, sollte bald meine neue Heimat
werden. Mein Partner Tom lebte schon seit einem Jahr
dort. Er hatte damals seinen Job in Deutschland gekündigt,
sein Auto vollgepackt und war davongefahren. Erst drei
Monate hatten wir uns gekannt. Unfassbar! Ich hatte mich
in einen Mann verliebt, der auswandern wollte. An die
entscheidende Szene erinnere ich mich noch genau. Wir
waren in einem kleinen italienischen Restaurant. Aßen gut,
tranken Wein, turtelten um die Wette. Dann erst traute er
sich, mir die neuen Informationen um die Ohren zu
knallen.
„Ich habe gekündigt. Ich werde nach Schweden ziehen."
Zuerst war ich traurig, dann wütend. Wie hatte dieser
Mann es wagen können, mich anzusprechen? Wie hatte er
sich unterstehen können, eine neue Beziehung einzugehen,
wo er doch genau wusste, welche Pläne er hatte? Aber
Gefühle lassen sich nicht steuern. Weder die meinen noch
die seinen. Meine Wut verrauchte nach und nach und
langsam entwickelte sich Neugierde. Was war das für ein
Land, in das Tom sich schon vor Jahren verliebt hatte?

Schweden. Dieses Land war für mich ein fast un-
beschriebenes Blatt. Bisher war ich erst einmal dort
gewesen, vor gut zwei Jahren. Damals hatte ich mit
meinem Ehemann und unserer gemeinsamen Tochter
Urlaub im Ferienhaus meiner Schwester gemacht. Es liegt
in Småland, der Heimat Astrid Lindgrens. Vor allem
konnte ich mich daran erinnern, dass das Wetter ziemlich
schlecht gewesen war. Wir hatten einen total verregneten

August erlebt. Und ruhig war es gewesen. Wenn wir in einem Museum oder in einem Restaurant waren, hatten wir immer Platz gefunden. Nie gab es Stau auf der Straße, die Menschen waren freundlich, im Supermarkt blieben sie gelassen in der Schlange stehen, während die Kassiererin mit einer Kollegin plauderte. Eine Kirche mit Spielplatz fiel mir noch ein und ein Marktstand, an dem ich mich eine halbe Stunde lang angestellt hatte, ohne an die Reihe zu kommen, weil ich nicht wusste, dass man einen Nummernzettel ziehen musste. Klar, Silvia ist Königin, Abba hatte ich im Hinterkopf, an Björn Borg konnte ich mich noch vage erinnern und die Krimis von Henning Mankell finde ich auch gut. Das war es schon, was ich über Schweden wusste. Nicht gerade viel! Und dort war nun Tom.

Eines Morgens, Mitte Januar, war er losgefahren. Sein Auto, ein alter Saab, war vollgepackt mit Klamotten, Büchern, CDs und seinem Laptop. Sein Ziel war zuerst einmal Göteborg, doch die Stadt an der Westküste hat im Januar nicht viel mehr als Regen zu bieten. Regen, der nicht nur von oben, sondern auch von der Seite heranfegt; ab und an schneit es auch, manchmal scheint sogar die Sonne. Die Stadt selbst ist wunderschön. Es gibt viele alte, gut erhaltene Gebäude, urige Kneipen, eine lebendige Kulturszene, aber vielleicht hätte Tom Göteborg besser in einer wärmeren Jahreszeit kennengelernt. Er genoss den lebhaften Regen eine Weile, schaute sich die Gegend an und fuhr weiter, an die beiden großen Seen Vänern und Vättern. Dort wohnte er vor allem in Jugendherbergen, eine Übernachtungsmöglichkeit, die in Schweden von vielen Erwachsenen, nicht nur von Jugendlichen genutzt wird. Schließlich trieb es ihn nach Stockholm und von dort nach Vaxholm, zirka vierzig Kilometer nördlich von Stockholm gelegen.

Vaxholm ist klein, aber auch hier gibt es eine Jugendherberge, ein wenig außerhalb der Stadt zwar, aber immerhin. Zwei Wochen wohnte Tom dort, dann fand er eine Privatunterkunft direkt in der Stadt. Von hier aus war es leicht, nach Stockholm zu fahren und sich den Arbeits- und Wohnungsmarkt anzuschauen. Sollte er vielleicht in der Hauptstadt Schwedens einen Job finden?

Mittlerweile war es Mai geworden. Ich ging in Deutschland wie immer meiner Arbeit nach. Wir telefonierten oft, aber dann packte mich die Sehnsucht. Ich wollte Tom wiedersehen und kaufte mir ein Flugticket nach Stockholm. In dem kleinen Zimmer, das Tom privat gemietet hatte, konnten wir zu zweit nicht wohnen. Der Raum war winzig, er lag im Keller und hatte Tom, wie er mir später gestand, völlig deprimiert, denn er hatte kein Tageslicht. Da konnte auch die Kellerlampe mit zweihundert Watt nicht viel ausrichten. Tom fand ein kleines Haus, das wir für eine Woche mieten konnten. Es war ein winziges ehemaliges Fischerhäuschen, bestehend aus zwei Zimmern mit einer kleinen Küche. Aus einem der Fenster konnte man einen Blick aufs Meer erhaschen. Wir fanden es beide wunderschön, romantisch.

Vaxholm ist eine kleine Halbinsel vor Stockholm, herrlich idyllisch mit kleinen, schnuckeligen weiß-roten Häuschen und wundervoll gepflegten Gärten. Man kann einfach nicht anders, man muss sich in diese kleine Insel verlieben, vor allem im Mai, wenn die Wochenendausflügler und Touristen noch nicht so zahlreich sind und wenn zudem die Sonne scheint und die Blumen blühen. Wir unternahmen Ausflüge in die Gegend, wir besuchten Mariefred und legten an Tucholskys Grab Blumen nieder. Kurt Tucholsky war 1929 nach Schweden ausgewandert, weil in Deutschland kritische Publizistik nicht mehr erwünscht war. In Mariefred hatte er seine berühmte Novelle

„Schloss Gripsholm" verfasst und sich dann in Hindås bei Göteborg nach langer Krankheit 1935 mit Schlaftabletten getötet. Klasse, der erste bekannte Deutsche, der mir in dieser wunderschönen Gegend über den Weg läuft, hat sich umgebracht. Ob das etwas zu bedeuten hat? Zwar hatte sich Tucholsky gewünscht, dass auf seinem Grabstein „Hier ruht ein goldenes Herz und eine eiserne Schnauze. Gute Nacht" stehen sollte, doch bekam er nach dem Zweiten Weltkrieg eine Grabplatte mit dem Goethezitat „Alles Vergängliche ist nur ein Gleichnis". Nicht einmal bekannte Schriftsteller können ihren Willen durchsetzen!

Aber zurück. Wir saßen im Café in Vaxholm, mit Blick auf das Meer. Die Möwen klauten uns den Kuchen vom Teller. Das Wetter spielte mit, die Sonne schien, die Buschwindröschen blühten, ein lauer Wind wehte uns um die Nase, ich bekam die ersten Sommersprossen. Schweden zeigte sich von seiner besten Seite. Es war fantastisch! Die Wettererfahrungen, die ich zwei Sommer zuvor gemacht hatte, waren schon völlig verdrängt.

Aber die Idylle währte nicht ewig. Ab und an stritten wir uns auch. Tom wollte, dass ich zu ihm nach Schweden kommen sollte. Aber ich konnte mir nicht vorstellen, meine kleine Tochter bei ihrem Vater in Deutschland zurückzulassen, meinen Job aufzugeben, meine Kolleginnen nicht mehr zu treffen, meine Familie, meine Freunde ...

Auf der Rückreise von Stockholm nach Stuttgart saß eine Schwedin neben mir, die seit vielen Jahren in Deutschland lebte und mit einem Deutschen verheiratet war. Wir unterhielten uns angeregt. Kurz vor der Landung in Stuttgart fragte sie mich: „Werden Sie nach Schweden zu Ihrem Freund ziehen?" Meine spontane Antwort: „Niemals!"

Im Sommer nahm ich meinen Resturlaub und dazu Sonderurlaub und lebte zwei Monate bei Tom in Vaxholm. Ich nahm an einem Sprachkurs in Stockholm teil und fuhr jeden Morgen mit dem Boot von Vaxholm nach Stockholm. Eine Stunde am Morgen und eine Stunde am Abend, eine wunderschöne Fahrt durch die Schären. Die kleinen roten Häuschen, die stattlichen Villen mit ausladenden Glasfenstern mit Blick aufs Meer, ich konnte mich nicht sattsehen. Selbst der Regen, der in jenem Sommer wieder mal nicht gerade spärlich vom Himmel tropfte, konnte dieses Vergnügen schmälern. Ich erinnere mich an eine junge spanische Frau, die am selben Sprachkurs wie ich teilnahm. Sie arbeitete in einem Hotel auf den Kanarischen Inseln, das von vielen Schweden besucht wird. Das war auch der Grund, warum sie Schwedisch lernen wollte. Sie meinte: „Ich bin so froh, dass es regnet und dass es so düster ist. Ich kann diese verdammte Sonne nicht mehr sehen!" Eine für mich ganz neue Weise, dem schwedischen Wetter etwas Positives abzugewinnen.

Zwei Wochen lang dauerte der Intensivsprachkurs an der „folkuniversitetet", den ich zusammen mit Engländern, Chinesen, Finnen, Kanadiern, Spaniern … und Deutschen besuchte. Wir durften uns im Unterricht nur auf Schwedisch unterhalten, redeten mit Händen und Füßen und hatten viel Spaß miteinander, vor allem mit den Chinesen, deren Schwedisch man kaum verstand. Unsere Schwedischlehrerin kam von einer Montessorischule in Stockholm. Lehrer verdienen in Schweden nicht besonders gut und so besserte sie ihr Gehalt in den Ferien etwas auf und versuchte, uns mittels Puppen, Spielzeug und zahllosen kleinen Gegenständen mit der neuen Sprache vertraut zu machen. Sie spielte Sprache mit uns. Und es funktionierte! Nach zwei Wochen konnten wir einfache Sätze bilden und konnten uns über unsere Heimatländer unterhalten, wir verstanden kurze Artikel aus der Zeitung und lernten ständig Neues über die Schweden und deren Land. Vor allem lernten wir auch, das Lied „Små grodorna" – „Kleine Frösche" – zu singen. Dieses Lied muss man beim Mittsommerfest parat haben, ansonsten kann man nicht um die Mittsommerstange hüpfen. Ich, die ich in der Schule nur mit Ach und Krach Fremdsprachen gelernt hatte, war in der Lage, mich nach nur vierzehn Tagen Sprachkurs in einer fremden Sprache verständlich zu machen. Fantastisch! Dieser Kurs schaffte die Grundvoraussetzung für meine Auswanderung, die ich ja eigentlich gar nicht wollte. Wie gesagt, meine Familie, mein Job …

Nachdem ich neun Monate zwischen Schweden und Deutschland hin- und hergependelt war, kam der Entschluss. Ich würde meine Stelle in Deutschland aufgeben und nach Schweden ziehen. Leicht fiel mir dies nicht. Nein. Ich liebte meine Arbeit im Verlag, mochte die Kolleginnen und Kollegen, ich hatte viele Freunde; meine Familie lebte hier und vor allem wohnte meine kleine Tochter Greta in Deutschland bei ihrem Vater, von dem ich mich einige Zeit zuvor getrennt hatte. Meine ältere Tochter Sarah war schon selbstständig und studierte, sie war erwachsen, die Kleine jedoch war erst vier Jahre alt. Sicher, ich sah sie jetzt auch nicht oft. Greta war nur am Wochenende und an einem Abend unter der Woche bei mir. Würde ich und würde vor alle sie diese Trennung verkraften? Diese Frage konnte ich nicht beantworten. Ich wusste nur, dass ich nach Schweden und bei Tom sein und gleichzeitig so oft, wie möglich meine kleine Tochter sehen wollte. Ob mir das gelingen würde?
Ich kündigte und wurde krank. Ich organisierte die Umzugsfirma, verkaufte unter üblen Zahnschmerzen die Hälfte meiner Bücher und kämpfte gleichzeitig mit einer Mittelohrentzündung. Nichts hören, keine Vorwürfe

meiner Familie, keine Fragen, vor allem keine Fragen, die ich sowieso nicht beantworten konnte.

Dann kam der letzte Tag im Verlag. Als ich mich verabschiedete, kämpfte ich mit den Tränen, acht Jahre sind eine lange Zeit. Mein Chef war sicher froh, dass ich ging. Ich war eine unbequeme Mitarbeiterin für ihn gewesen. So wie er Forderungen an mich gestellt hatte, stellte ich auch Forderungen an ihn und keiner von uns wollte jene des anderen erfüllen. Die letzten Monate in der Firma waren unter seiner Regie schwer für mich gewesen. Deshalb fiel es mir um so leichter, ihm Lebewohl zu sagen, meine Kolleginnen und meine Arbeit zu verlieren, das dagegen war schwer.

Nun standen Abschiedsbesuche bei Freunden an. Der letzte Abend mit meiner älteren Tochter Sarah, der letzte Tag mit Greta. Es zerriss mir das Herz. Dann kamen die letzten Tage in der Wohnung, keine Bücher mehr an den Wänden, nackt und kahl, alles eingepackt in Kartons. Ich war nicht hier und nicht dort, ich wusste nicht, was kommen würde. Ein neues Land, Leben mit einem Mann, mit dem ich noch nie zusammengewohnt hatte; Trennung von allem, was mir lieb und teuer war, eine neue Sprache, kein Job. Und doch hatte ich keine Angst. „Wenn es nicht klappt, dann werde ich nach Deutschland zurückgehen!" Das hatte ich mir fest vorgenommen.

Der Umzugswagen stand vor der Tür. Ich hatte gut gepackt und viele Dinge verkauft, verschenkt oder beim Sperrmüll abgestellt, meine Vespa musste jedoch unbedingt mit. Eine Vespa in Schweden – in diesem kalten Land? Egal, ich brauchte sie. Meine Vespa symbolisiert ein Stück Freiheit, Freiheit, die ich mir in Deutschland ab und an gegönnt hatte. An heißen Tagen war ich ohne Helm alleine auf die Alb gefahren. Der warme Wind strich mir um den Körper, ich flog dahin. Auch jetzt würde ich wegfliegen und die Vespa sollte mich bei meinem Abenteuer begleiten.

Die Waschmaschine, den Herd, mein Fahrrad und mein erst vor einem halben Jahr bei Ikea gekauftes Superspülbecken stellte ich bei meiner Freundin unter. Man weiß ja nie, ob man das alles noch mal brauchen wird. Die Wohnung war nun leer, die Vermieter gaben sich mit den geputzten Fenstern und den sauberen Fliesen zufrieden und dann sollte es losgehen. Der Möbelwagen fuhr voraus. Alle meine Billyregale würden bald wieder in ihrem Ursprungsland sein. In zwei Tagen wollten wir uns mit den Umzugsleuten an unserem neuen Zuhause treffen.

Tom holte mich mit seinem alten Saab in Deutschland ab. Raus aus der Stadt, dann auf die Autobahn, ich weinte. War es wirklich richtig, was ich tat?

Zweitausend Kilometer in den Norden. Autobahn durch Deutschland, Übernachtung in einem kleinen Gasthof in Puttgarden, am nächsten Tag Überfahrt, Frühstück auf dem Schiff und dann noch einmal eintausend Kilometer durch das Landesinnere, Richtung Dalarna. Es war April, zumindest an der Küste blühten schon die ersten Frühlingsblumen, dann jedoch wurde es kahl und grau. Je weiter wir in den Norden kamen, desto öder waren die Wiesen. Teilweise lag noch Schnee, ich sah Eis auf den Seen, die Kamine rauchten. Ende April, Winter in Schweden.

Vansbro, das meine neue Heimat werden sollte, ist keine Traumstadt, sondern ein kleines verschlafenes Nest, das sich durch drei Tankstellen und ein riesiges Bahnhofsgebäude auszeichnet, das einst einen Preis in einem Architekturschönheitswettbewerb gewonnen hatte. Der Bahnhof sah von außen wie ein kleines Märchenschloss aus. Verwinkelte Erker, altrosa und weiße Fassaden, ein Oldtimer stand auf dem Vorplatz. Ich glaubte mich in eine andere Zeit versetzt. Innen jedoch war es trist, wie in vielen alten Bahnhöfen in Schweden. Von den Wänden blätterte der Putz, kalte, ungemütliche und ausgestorbene Räume, Graffiti. Doch an einer Wand las ich eine Aufschrift, die meine Aufmerksamkeit erregte. Dort stand auf Schwedisch: „Wenn eine Schneeflocke ein Kuss wäre, dann würde ich dir einen ganzen Schneesturm schenken." Ein sehr schöner Willkommensgruß.

Die Wohnung, die Tom noch bis Ende April gemietet hatte, lag direkt gegenüber dem Bahnhof. Eine große Wohnung, jedoch so ungünstig aufgeteilt, dass man nicht zu zweit darin wohnen konnte. Das Haus, das wir gemietet hatten, lag etwas außerhalb des Zentrums. Wir fuhren hin. Ich sah es jetzt zum ersten Mal. Ein typisch rotes Schwedenhäuschen mit weiß gestrichenen Fenstern. Vor dem Haus ein kleiner Vorbau mit zwei Bänken, nach hinten eine Terrasse und Rasen, der an den Wald grenzte. Das Haus war groß, hundertvierzig Quadratmeter, ein riesiges Wohnzimmer mit Kamin, drei weitere kleinere Räume, eine offene Küche mit Essbereich, ein Bad mit Badewanne, das Requisit, das ich an kalten Wintertagen mit am meisten schätzen lernen würde.

Ich suchte mir mein Zimmer aus. Schon immer hatte ich ein eigenes Zimmer gehabt, auch während meiner Ehe, und das wollte ich auch beibehalten. Mein Zimmer ging nach hinten hinaus, mit Blick auf Rasen und Wald, ruhig, gerade richtig zum Schreiben, Lesen, CDs hören …

Tom nahm das Zimmer nebenan, dann hatten wir noch ein Zimmer übrig, es sollte das Gästezimmer werden. Doch würden uns hier überhaupt Gäste besuchen? So weit weg von Deutschland, keine größere Stadt in der Nähe, ein kleines Städtchen mit drei Pizzerien, drei Tankstellen, zwei Lebensmittelläden, einer Bäckerei und einer großen Durchgangsstraße, die dazu einlud, sofort Richtung Norwegen weiterzufahren. Wir würden sehen.

Zuerst mussten wir Smilla abholen, Smilla, Toms Huskyhündin, die er bei einem Nachbarn gelassen hatte, als er nach Deutschland gefahren war, um mich abzuholen. Smilla freute sich unbändig, uns zu sehen. Sie war damals eine noch junge, etwa zweijährige Hündin, die Tom vor ein paar Monaten in der Nähe von Stockholm gekauft hatte. Smilla ist eine Schönheit. Sie hat weißgrau glänzendes Fell, ein freundliches Gesicht und wunderschöne tief braune Augen. Sie ist kein stürmischer Hund, von Gefühlsausbrüchen kann bei ihr meist keine Rede sein, jetzt aber zeigte sie, wie froh sie war, uns wiederzusehen. Sie schleckte uns Hände und Hals, fuhr mit der Zunge über unsere Gesichter, sie hüpfte und sprang, dann jedoch freute sie sich noch mehr über den mitgebrachten Knochen. Smilla ist verfressen.

Tom und Smilla waren da, zwei vertraute Wesen, und trotzdem fühlte ich mich verloren. Was sollte ich hier in diesem Kaff? Keine Kultur, kein Leben, keine Butterbrezel, keine Blumen, nur ausgestorbene, matschige Straßen, Birken ohne Blätter – und das Ende April, wo doch in Deutschland manche Blumen schon wieder verblühen. Ich wollte wieder weg!

Am nächsten Tag sollte der Umzugswagen kommen. Ich freute mich, meine Bücher auszupacken, meinen Schreibtisch aufzustellen, Dinge, die mir lieb waren, von denen ich mich nicht trennen konnte, warteten auf mich. Um acht Uhr morgens sollte der Wagen kommen. Tom und ich waren pünktlich am Haus. Wir warteten, zuerst geduldig, dann weniger geduldig, schließlich wurden wir ärgerlich. Wo war er nur, der blöde Typ, der meine Möbel bringen sollte? Wir hatten doch ausgemacht ... Ein Anruf. Der blöde Typ war selbst genervt, er hätte gewartet, jetzt aber reiche es ihm. Es stellte sich heraus, dass die Umzugsfirma eine falsche Adresse in ihren Papieren notiert hatte: „Mossvägen" in Örebro. „Mossvägen",

14

„Moosweg", war schon richtig, nur die Stadt, die war falsch. Meine Möbel, meine Bücher und meine Vespa standen in einer Stadt in der Nähe der beiden großen Seen Vänern und Vättern, ungefähr fünfhundert Kilometer südlich von Vansbro. Ärgerlich, aber was soll's! Hier begann sie, meine Erziehung in Schweden: Geduld, mit dieser Eigenschaft war ich bisher nicht so sehr gesegnet gewesen, jetzt aber bekam ich Gelegenheit, sie zu erproben, auszuweiten, zu entwickeln, und das fast täglich.

Der Umzugswagen kam nicht an diesem Tag sondern am nächsten um acht Uhr morgens. Wir waren da, er auch, alles ging gut. Der blöde Typ, der sich als sehr nett erwies, und sein Begleiter waren nun schon bis fast zur Mitte Schwedens vorgedrungen und halfen uns, noch Toms Kleinigkeiten umzuziehen. Am Abend waren wir alle geschafft, aber glücklich. Jetzt standen zwei Wohnungen leer, eine in Deutschland, eine in Schweden und ein Haus in Schweden war randvoll mit Umzugskartons und Möbeln. Und die schönste aller italienischen Vespas, die den langen Weg von Italien über Deutschland bis ins kühle Schweden geschafft hatte, stand vor einer knallvollen Garage, in die nichts mehr hineinging. Ein neuer Abschnitt meines Lebens hatte begonnen. Ein neues Land, eine neue Kleinstadt, eine neue Sprache, ein neuer Mann, ein neuer Hund. Was konnte da noch schiefgehen?

Mai

Ich räumte mein Zimmer ein, stellte meine Regale auf und meine Bücher hinein, meine Bilder kamen an die Wand, Familienfotos fanden ihren neuen Platz; langsam wurde mir mein Zimmer vertraut. Das Wohnzimmer war groß, zu groß. Die Schweden haben die Angewohnheit, riesige Wohnzimmer zu bauen, in denen sich wohl die ganze Familie gleichzeitig aufhalten soll, dagegen sind die Schlafzimmer oft sehr klein. Wir hatten noch Glück mit den kleineren Zimmern. Sie hatten eine optimale Größe, zwischen fünfzehn und zwanzig Quadratmeter, Platz für all das, was man braucht. Aber dieses Wohnzimmer war einfach nutzlos. Toms rotes Sofa fand darin Platz, ein paar meiner Bücherregale, der Fernseher, eine Kommode mit vielen Schubladen und nun? Noch immer kamen wir uns verloren darin vor und das sollte auch so bleiben. Das Wohnzimmer würden wir vor allem als Durchgang zur Terrasse nutzen. Dort sollten wir uns aufhalten, auf der Holzterrasse, die an den Rasen grenzte. Dort stellten wir unsere Gartenmöbel auf, meine blaue Bank, die ich aus Deutschland mitgebracht hatte, Toms Gartentisch, die Stühle. Dort würde ich meine Blumentröge bepflanzen und sehnsüchtig darauf warten, dass meine afrikanische Margerite im Licht der schwedischen Sonne erblühen würde.

Zuerst jedoch war daran nicht zu denken. Als ich am nächsten Morgen aufwachte, war ich völlig geschockt. Es war Anfang Mai und … es schneite. Ich schaute aus dem Fenster. Draußen wirbelten dicke Flocken in der Luft herum, auf meiner Gartenbank lagen mindestens zehn Zentimeter Schnee und die Farbe meiner türkis-weißen Vespa, meiner sonnenverwöhnten Vespa, die ich nur an heißen Tagen in Süddeutschland gefahren hatte, konnte man kaum erkennen. Tom reagierte völlig gelassen, er kannte diese Wetterverhältnisse. „Reg dich nicht auf, das ist immer so Anfang Mai", meinte er beruhigend und er sollte recht behalten. Ich würde noch viele Maitage erleben, in denen die weiße Pracht das Land noch ein letztes Mal verzauberte. Diese Schneefälle sind ein letztes Aufbäumen des Winters. Der Schnee, der im Mai fällt, ist nass, er bleibt nicht liegen, kämpft noch einmal um sein Überleben, aber er hat keine Chance. Am darauffolgenden Tag brach die Sonne durch die Wolken, es wurde warm, der Schnee schmolz und darunter kamen die ersten Frühlingsblumen zum Vorschein, Schneeglöckchen und Krokusse zeigten sich. Ich war glücklich, die ersten Blumen, im Mai.

Tom musste wieder arbeiten, ich war zuhause, packte immer noch aus oder um, versuchte mich mit dem Haus, der Wohnung, der kleinen Stadt vertraut zu machen, und ich hatte Sehnsucht nach Deutschland, Sehnsucht vor allem nach Greta. Ich rief sie an, redete mit ihr, wie man eben mit einer Vierjährigen redet, die nicht versteht, dass Mama nicht mal schnell um die Ecke ist. Es war schwer! Tom hat auch Kinder, insgesamt sind es vier. Drei mit seiner ersten Frau und einen kleinen Sohn, Leo, mit seiner letzten Partnerin. Mit den drei älteren Kindern, die damals schon Jugendliche waren, hatte Tom guten Kontakt. Er telefonierte sehr oft mit ihnen. Aber es war schwer für ihn, mit Leo Kontakt zu halten, denn er war erst zweieinhalb Jahre alt. Wie hielt Tom diese lange Trennung von ihm nur aus? Er war schweigsam, wenn wir über dieses Thema redeten, schweigsam und traurig.

Ich meldete mich auf dem Arbeitsamt, damit sie wussten, dass es mich gab und damit ich Arbeitslosengeld beantragen konnte.
Und: Ich bekam ersten Besuch. Ganz kurzfristig hatte sich eine Freundin angekündigt. Das winzige Nest, in dem ich gelandet war, schreckte anscheinend doch nicht ab.

Katharina kam und war begeistert. Zusammen mit ihr schaute ich mich in unserem kleinen Städtchen um. Wir fuhren Fahrrad, entdeckten das Café in der Bäckerei, wir suchten vergebens einen Buchladen, fanden dafür jedoch im nächsten Städtchen Secondhandläden, in denen Katharina Stunden zubringen konnte. So gab es eine Organisation, „Erics-hjälpen" genannt, die jeden Samstag geöffnet hatte. Hier kann man von Hammer und Matratze, über Kücheneinrichtung bis zu Kinderspielzeug und Geschirr alles kaufen, was das Herz begehrt. Diese Dinge stammen aus Haushaltsauflösungen und werden der Organisation geschenkt. Deshalb ist alles sehr preiswert. Wer keinerlei Haushaltsgegenstände hat und mit leeren Händen nach Schweden kommt, kann sich hier wunderbar eindecken!

Vor allem die alten handgewebten Leinentücher, die wundervoll bestickten Küchentücher und Tischdecken hatten es Katharina angetan. Sie konnte sich nicht satt-sehen und vor allem nicht entscheiden, wie viele sie kaufen sollte. Die natürliche Begrenzung fiel ihr dann von selbst wieder ein. Übergepäck im Flugzeug ist teuer. Sie begnügte sich also mit kleineren Deckchen. Ich schlug auch zu, obwohl ich seit Jahren mit den alten handgewebten Leinendecken meiner Tanten gesegnet bin. Beide waren wir stolz und glücklich, weil wir günstig so viele schöne Dinge erstanden hatten. Neben „Erics-hjälpen" gibt es auch noch „richtige" Antiquitätenläden, kleine, von außen recht unscheinbar wirkende Läden, in denen sich die wunderbarsten Schätze verbergen: alte Taschenuhren, hundert Jahre alte Postkarten, feines Porzellan in den schönsten Farben, Schallplatten mit schwedischer Volksmusik, silberne Zigarettenetuis – es gibt einfach alles. Schweden hatte keinen Krieg, die Leute konnten sammeln und sammeln, sodass die Wohnungen, Dachböden und Keller, falls vorhanden, in Schweden mit alten Schätzen angefüllt sind. Gott sei Dank war es hier in den Antiquitätenläden etwas teurer, deshalb konnte sich sogar Katharina zurückhalten, zumindest ein klein wenig.

An einem Tag wollte mein Besuch seine eigenen Wege gehen und da sich Katharina noch nicht so gut auskannte, nahm sie Smilla an die Leine und meinte, sie würde auf den Bahnschienen in die nächste Stadt laufen. So würde sie sich nicht verlaufen und wenn irgendetwas sein sollte, dann würde Smilla ihr ja beistehen. Was Katharina nicht wusste: Smilla ist kein Wachhund, sie ist ein Husky. Und Huskys sind bekanntlich keine Hüter des Hauses, sie sind kleine, liebevolle Schisser, die einem Einbrecher auch noch über das Gesicht lecken. Huskys können ja nicht mal bellen. Ich sagte nichts, denn was konnte ihr hier in der Pampa schon geschehen?

Katharina war den ganzen Tag unterwegs, es war auch eine lange Strecke, zwölf Kilometer ins nächste Städtchen und dann wieder zurück. Zudem war es nicht gerade bequem, auf Schienen zu laufen. Sie kam und kam nicht wieder. Ein Handy hatte sie nicht dabei, sie konnte sich also nicht melden. Tom war schon von der Arbeit zurück, aber Katharina war immer noch nicht da. Wir wurden unruhig, da kam sie endlich. Sie sah etwas mitgenommen aus, bleich im Gesicht. Zuerst dachte ich, der lange Weg, das anstrengende Laufen auf Schienen, aber es war etwas völlig anderes. Sie hatte unterwegs Knochen gefunden, Riesenknochen, die direkt auf den Schienen lagen, Knochen, so groß, wie sie sie noch nie gesehen hatte. Sie zeigte uns das Beweisfoto, das sie mit ihrer Digitalkamera gemacht hatte. „Ein Bär", meinte sie, „das muss ein Bär gewesen sein." Sie hatte recht. In dieser Gegend gab und gibt es immer noch Bären, es gibt sogar so viele, dass sie geschossen werden dürfen. Manchmal werden sie von einem Zug erfasst und dann bleiben die von den Tieren übrig gelassenen Kadaverreste auf den Schienen liegen.

„Ich hatte solche Angst!", meinte sie, „solche Angst wie noch nie in meinem Leben. Aber Gott sei Dank war ja Smilla dabei!" Wenn sie gewusst hätte …!

Katharina und ich fuhren noch ein paar Tage nach Stockholm, ich hatte ja den Sprachkurs dort gemacht und kannte mich ein wenig in der Stadt aus. Wir wohnten etwas außerhalb der Innenstadt in Bromma und hatten „Bed and Breakfast" bei einer Dame gebucht, die uns ihr Schlafzimmer zur Verfügung stellte. Sie selbst schlief während unseres Aufenthalts auf der Wohnzimmercouch. Das Frühstück bekamen wir in ihrer Plüschküche serviert, zusammen mit typisch schwedischer Musik: Björn Afzelius: „Tusen bitar" – „Mein Herz zerspringt in tausend Stücke". Schön und herzzerreißend.
Wir waren im Skansen, dem Stockholmer Freilichtmuseum, klapperten die Secondhandläden in Södermalm ab (diesmal waren es Kleiderläden), schauten uns die „saluhall", die Markthalle, auf Östermalm an und machten natürlich eine Nostalgie-Bootsfahrt nach Vaxholm. Das Wetter war klasse, zwanzig bis fünfundzwanzig Grad.
Ich hatte Hoffnung – vielleicht waren es wirklich nur Gerüchte, dass das Wetter in Schweden so schlecht sein sollte. Schön und erholsam war es, ich vergaß sogar mein Heimweh. Aber auch diese Tage gingen zu Ende.
Katharina musste wieder arbeiten und ich brauchte endlich einen Job.

Zurück in Vansbro führte mich mein erster Weg zum Arbeitsamt, in Schweden „arbetsförmedlingen" genannt. Ich ging zu meiner Betreuerin, die mir dabei helfen sollte, eine Arbeit zu finden. Vansbro ist wie gesagt ein kleines Nest, jeder kennt jeden und so wusste ein jeder, wer ich war: diejenige, die zum Personalchef aus Deutschland gehört, der mit dem Hund und der Frau, der vier Kinder hat und geschieden ist. Ja, alles ist bekannt oder wird bekannt gemacht. Als Tom im Sommer des vorigen Jahres seine Stelle angetreten hatte, war in der darauffolgenden Woche in der regionalen Zeitung zu lesen: „Die Gemeinde hat seit heute einen neuen Personalchef. Er ist fünfundvierzig Jahre alt, hat vier Kinder, ist geschieden und verdient … so und so viel Kronen im Monat." Ja, auch das ist bekannt, wie viel jeder verdient, wie viel Geld, welche Schulden man hat, alles ist öffentlich. Eine merkwürdige Eigenart der Schweden, an die ich mich bis heute nicht gewöhnt habe und auch nicht gewöhnen will.

Ich war im Arbeitsamt. Meine Betreuerin Elin war nett, sie bemühte sich, langsam zu sprechen, denn sie bemerkte wohl, dass es für mich nicht einfach war, ihr Schwedisch zu verstehen. In Dalarna spricht man Dialekt, „dalmål". Dieser Dialekt ist nicht ganz so furchtbar wie in Schonen, in „Skåne", aber nahe daran. Wer wissen möchte, wie sich „dalmål" anhört, sollte sich den Film „Masjävlar" – auf Deutsch „Zurück nach Dalarna" – im Original ansehen. In Skåne hat man beim Sprechen eine Kartoffel im Hals, in Dalarna sitzt mindestens ein Kartoffelchen quer in der Kehle.
Elin fragte mich, was ich bisher gearbeitet hatte. „Ich bin Buchhändlerin, habe studiert, dann zehn Jahre in Verlagen gearbeitet, ich bin Yogalehrerin …" Sie hörte meinem Schwedisch aufmerksam zu, fragte nach: „Buchhändlerin – ein Lehrberuf? Das ist er in Schweden leider nicht. Hier gibt es kaum Lehrberufe." Das war etwas Neues für mich. Ich dachte, wie wahrscheinlich viele denken: In Schweden ist alles so wie in Deutschland oder wenigstens so ähnlich. Schweden ist ein EU-Land, nicht weit von Deutschland weg … Gut, Buchhändlerin ist also kein Lehrberuf, man arbeitet einfach so im Buchhandel, man bringt sich die notwendigen Kenntnisse wohl bei der Arbeit bei. Geht das? Aber was macht das schon, in Vansbro gibt es ja überhaupt keine Buchhandlung, einen Verlag schon gar

nicht, Verlage gibt es in Stockholm, in Malmö und höchstens noch in Göteborg, dann ist schon Schluss. Was soll's, ich musste sowieso damit rechnen, dass ich weder in einer Buchhandlung noch in einem Verlag arbeiten konnte. Mein Schwedisch steckte noch in den Anfängen! „Ausgebildete Yogalehrerin?" Auch das gab es so nicht in Schweden, zumindest damals noch nicht. Heute bieten viele Yogaschulen Ausbildungen an, sie sind jedoch nicht so fundiert wie meine beim Berufsverband deutscher Yogalehrer in Deutschland. Ich war also hoffnungslos überqualifiziert für Jobs, die es in Dalarna sowieso nicht gab. Trotzdem legte Elin zusammen mit mir ein Berufsprofil auf der Internetseite des Arbeitsamtes an und kümmerte sich darum, dass ich jeden Monat meinen Scheck mit dem Arbeitslosengeld aus Deutschland abholen konnte. Einen Scheck deshalb, weil ich hier noch kein Bankkonto hatte. Drei Monate hatte ich nun Zeit, eine Arbeit zu finden, andernfalls müsste ich nach Deutschland zurück. Merkwürdigerweise habe ich nie gedacht, dass dies eintreffen könnte. Ich war mir sicher, eine Arbeit zu finden. Naiv oder positiv denkend? Ich glaube, es war ein wenig von beidem.

Jetzt musste ich mir Gedanken machen: Was kann ich und was will ich arbeiten? Während meines ganzen Berufslebens hatte ich bisher mit Büchern zu tun gehabt. Ich hatte Bücher empfohlen, sie verkauft, ich hatte Anzeigen für sie gemacht, hatte Lesungen und Messen organisiert, ich hatte Werbestrategien erarbeitet und neue Verkaufskanäle gesucht. Ich mochte meine Arbeit im Verlag, aber neu war sie nicht mehr. Mit Büchern sollte es nun erst mal genug sein. Bücher also nur noch für den Hausgebrauch, jetzt musste ich mir etwas anderes überlegen. Übrig blieb Yoga. Ich hatte in Deutschland regelmäßig Kurse abgehalten, also konnte ich das doch auch hier tun. Yoga auf Schwedisch? Warum nicht? Mein logischer Gedankengang

war: Bisher hatten mich die Leute verstanden, mit denen ich gesprochen hatte, dann würde das im Yogakurs sicher auch klappen. Zudem kann man beim Yoga viele Übungen vormachen, ich müsste somit nicht allzu viel reden …
An die Arbeit!
Ich verfasste einen Ausschreibungstext und ließ ihn mir von Tom korrigieren, der damals schon sehr gut Schwedisch konnte. Dann suchte ich einen passenden Raum und fand ihn im Keller des Rathauses; ich druckte die Plakate mit meinem Drucker und hing sie an allen Anschlagtafeln im Ort aus und zudem machte ich eine kleine Anzeige im „Vansbrobladet", der Wochenzeitung Vansbros. Es funktionierte tatsächlich. Nach zwei Wochen startete mein erster Yogakurs in Schweden. Ich hatte zehn Teilnehmerinnen, fast alle arbeiteten bei der Gemeinde. Ob es sich hierbei um einen Personalchefbonus handelte oder ob der Erfolg auf die Neugierde der Schwedinnen zurückzuführen war, das konnte ich nicht herausfinden. Hier kann man spekulieren, mir war das auch nicht wichtig, Hauptsache mein Kurs konnte stattfinden.
Tom fuhr mich mit all meinen Yogautensilien zum Rathaus, ich war mächtig aufgeregt. Natürlich hatte ich vorher zuhause geübt, hatte ich mir die ganzen eineinhalb Unterrichtsstunden akribisch auf Schwedisch auf-geschrieben, etwas, was ich in Deutschland nie gemacht hatte. Da reichten kleine Strichmännchen und die Stunde stand. Ich hatte mir jede Übung zigmal auf Schwedisch vorgesprochen; eine Kollegin von Tom hatte zuhause mit mir geübt und ich hatte mir alle Körperteile und deren schwedische Namen eingeprägt; ich war gut vorbereitet. Aber eineinhalb Stunden auf Schwedisch? Wie konnte ich mich nur so maßlos überschätzen?
Die zehn Frauen kamen, sie saßen mir gegenüber auf ihrer Matte, sie warteten, jetzt war ich dran. Ich stellte mich vor, redete über mich – auf Schwedisch; dann hielt ich einen kleinen Vortrag über Yoga – auf Englisch, und nun

begannen die Übungen – in Schwedisch. Meist ging es problemlos, ich schaute auf meine Zettel und machte die Übungen vor. Manchmal jedoch gab es einen kleinen Blackout in meinem Gehirn, dann wollte mir partout der schwedische Ausdruck für ein bestimmtes Körperteil nicht einfallen, dagegen kamen mir englische, deutsche oder sogar französische Wörter in den Sinn. Irgendwelche Ausdrücke, an die ich seit zwanzig Jahren, seit meiner Schulzeit, nicht mehr gedacht hatte, lagen mir auf einmal auf der Zunge. Das korrekte schwedische Wort war jedoch verschwunden. Aber die netten Schwedinnen halfen mir weiter, sie sind ja vielsprachig und freundlich. Ich klopfte auf die Oberschenkel – oh „lår", natürlich, gestern hatte ich es noch gewusst. Verdammt, wie hieß „einatmen" auf Schwedisch? Ich schnaufte übertrieben und schon kamen die Zurufe; klar, „andas in". Irgendwann würde ich all diese Wörter parat haben. Heute noch nicht, aber vielleicht das nächste Mal. Dann war es soweit: überstanden, geschafft, niemand hatte mir den Kopf abgerissen, niemand hatte mich ausgelacht. Die erste Stunde war um, jetzt kam der ruhigere Teil des Yogakurses, die Meditation, und da fiel mir etwas auf.

Der Kellerraum des Rathauses war zwar ruhig gelegen. Man konnte sicher sein, dass keine Geräusche hereindringen würden, aber in diesem Raum war die Belüftung ständig eingeschaltet. Dies war mir bei der Besichtigung völlig entgangen und während der Übungen hatte das Geräusch nicht gestört. Aber nun, als es still war und die Schwedinnen sich auf ihren Atem konzentrieren sollten, schnarrte diese Belüftung in einem gleichmäßigen Rhythmus. Wie peinlich! Ich war es von Deutschland gewohnt, dass es während der Meditation absolut still war, nichts sollte die Konzentration stören. Hier aber surrte und schnurrte und knarrte es wie wild. Anscheinend störte dies jedoch keine der Teilnehmerinnen, sie schlossen die Augen, atmeten ruhig ein und aus, ihr Brustkorb hob und senkte sich gleichmäßig und dabei brummte es in voller Lautstärke. Nach dem Kurs bedankten sie sich, wie es sich in Schweden gehört mit „tack för idag" – „vielen Dank für heute", packten ihre Sachen und machten sich auf und davon. Würden sie wiederkommen?

Ich war froh, dass dieser erste Abend gut gelaufen war, ärgerte mich jedoch darüber, dass ich das störende Geräusch nicht früher gehört hatte, und machte mir Gedanken über mich selbst. Habe ich zu viele Erwartungen? Muss immer alles hundertprozentig stimmen? Reicht es nicht, wenn die Teilnehmerinnen zufrieden sind? Nein, es reicht nicht. Kurz darauf fand ich einen viel schöneren Raum im Gemeindehaus, ohne störende Geräusche, dafür jedoch mit einer hervorragenden Akustik und so ließ ich meine Mädels das nächste Mal OM tönen. Damit hatte ich zwei Fliegen mit einer Klappe geschlagen: Das störende Geräusch war weg und ich ersparte mir, mindestens zehn Minuten schwedisch zu sprechen, denn ein OM kann ganz schön lange dauern, wenn es darauf ankommt.

Übrigens kam kurz vor der dritten Yogastunde ein Journalist der Regionalzeitung „Dalademokraten" und interviewte mich. Er machte ein Foto von der neuen deutschen Yogalehrerin, ließ sich erzählen, dass ich zwei Kinder habe und geschieden bin, dass ich studiert habe und dass mir vor allem die Natur in Schweden gefällt und das alles durfte ich dann, und viele andere auch, am nächsten Tag in der Zeitung lesen.

Die Teilnehmerinnen ließen sich durch mein Schwedisch nicht abschrecken, trotzdem war es wichtig, dass ich meine Schwedischkenntnisse verbesserte. Zuhause sprachen wir deutsch, das war klar. Zwei Deutsche und ein schwedischer Hund, da war Deutsch die Hauptsprache. Tom meinte zwar, wir sollten an einem Tag in der Woche schwedisch miteinander reden, aber das kam mir komisch vor. Mein Schwedisch war viel schlechter als seines, ich war ihm unterlegen und warum sollte ich diese Unterlegenheit einmal die Woche zeigen? Das Beste war also, in den Schwedischunterricht zu gehen.

Jede Gemeinde in Schweden ist verpflichtet, Einwanderern kostenlosen Schwedischunterricht anzubieten. Und das ist auch in der kleinen Stadt Vansbro so. Ich meldete mich also bei „svenska för invandrare" – „Schwedisch für Einwanderer" – an und saß nun Tag für Tag mit einem englischen Ehepaar, dessen Tochter einen Schweden geheiratet hatte und das deshalb nach Schweden ausgewandert war, einem Kanadier, der mit einer Schwedin liiert war, und einigen anderen auf der Schulbank. Zuerst machte ich einen Eingangstest, sodass unsere Lehrerin Lena meine Kenntnisse einschätzen konnte. Dann bekam ich mein Buch, mein Übungsheft und Aufgaben zum Lernen. Da ich Grundkenntnisse hatte, durfte ich ganz stolz schon mit dem zweiten Buch anfangen. Der Unterricht lief nicht so ab, wie wir ihn von der Schule kennen. Es gab kaum Frontalunterricht, nur ab und an erklärte Lena uns allen gemeinsam die Grundlagen der schwedischen Grammatik. Meist jedoch lernte jeder für sich. Dabei konnten wir Lena jederzeit Fragen stellen. Wir beschäftigten uns mit den Themen, die uns interessierten, und so lernte ich ganz allmählich schwedische Autoren kennen. Zuerst las ich Kurzgeschichten von Klassikern wie Selma Lagerlöf oder Stig Dagerman, ich schrieb Wörter heraus, die ich nicht kannte, versuchte mir Grammatikregeln zu merken, was mir schon in der Schule nicht gelungen war. Im Laufe der Zeit aber konnte ich schon längere Texte lesen; zwar verstand ich nicht alles, aber das Thema, die Stimmung der Texte, die erfasste ich. Ich ging auch oft in die Bücherei, denn die gibt es in Vansbro. Fast jede kleine Gemeinde in Schweden ist mit einer Bücherei ausgestattet. Ich las „lättläst-Texte", Bücher, die in einer besonders einfachen Sprache geschrieben sind, hörte CDs und las schwedische Kinderbücher. Zuerst solche, die ich schon auf Deutsch gelesen hatte, dann jedoch wagte ich mich auch an neue Bücher. So kämpfte ich mich durch Bücher für Leseanfänger und las über Ella und ihren ersten Schultag, ich las noch mal „Michel aus Lönneberga", der in Schweden Emil heißt, und weinte wie immer, als der kleine Krümel in „Brüder Löwenherz" sterben muss. Dann waren Sagen und Märchen an der Reihe, Rotkäppchen auf Schwedisch („Det var en gång en liten flicka …"/ „Es war einmal ein kleines Mädchen") Da ich Kinderbücher liebe, fiel mir dieser Zugang zur schwedischen Sprache leicht. Andere in meinem Kurs befassten sich mit ihren eigenen Themen. David, der Engländer, interessierte sich für Vögel und lernte zuerst Vogelnamen. Brian, der Kanadier, der bereits seit zwei Jahren in Schweden lebte und fast kein Wort Schwedisch sprach (es ist ja so praktisch mit dem Englischen, jeder versteht es, jeder spricht es), war völlig vernarrt in Schiffe. Er beschäftigte sich deshalb mit dem Thema Segeln und so bekam auch er langsam einen Bezug zur schwedischen Sprache.

Wir alle kämpften uns durch die Grammatik und die Eigenarten der Sprache, unsere Köpfe rauchten, abends war ich oft völlig geschafft. Manchmal musste ich mich um acht Uhr abends ins Bett legen, weil ich so müde war. Mein Gehirn machte schlapp, ich war nur noch in der Lage, mit Tom und Smilla einen Spaziergang im Wald zu machen, dann verließen mich meine Kräfte. Nicht mehr sprechen, nicht mehr lesen, kein schwedisches Fernsehen, nur noch schlafen. Tom konnte meine Erschöpfung gut verstehen, denn er war ein Jahr zuvor in derselben Situation gewesen. Zwar hatte er keine Probleme mit der schwedischen Sprache gehabt, denn er hatte schon als Jugendlicher seinen ersten Volkshochschulkurs im Schwedischen belegt. Der Alltag jedoch, einen Job suchen, Bewerbungen schreiben, sich vorstellen und sich die verschiedensten Gegenden anschauen, das war für ihn genauso anstrengend gewesen. Er verstand, er tröstete mich – auf Deutsch. „Das wird schon." Und das wurde es auch.

Juni

Nun war ich schon über sechs Wochen in Schweden. Ich gab bereits einen Yogakurs, konnte den Nachrichten in der Zeitung halbwegs folgen, war mit der Gegend etwas vertraut geworden. Die Gegend? Vor allem versuchte ich mich, an den Wald zu gewöhnen, den vielen Wald, der die kleine Stadt umgab oder besser umzingelte. Hinter unserem Haus begann er schon, der Wald. Wenn ich der Straße vor unserem Haus nach rechts folgte, gelangte ich zuerst in ein Moor, dann in den Wald. Ging ich auf die andere Seite der Stadt, über die Brücke an den kleinen roten Häuschen vorbei auf den Berg ... stand ich im Wald. Ich fuhr mit dem Fahrrad, wollte meinen Radius erweitern und radelte am Fluss entlang, im Wald. Ich liebe Wald, ich mag die vielen Birken und Fichten, mag den feuchten Geruch des Waldes, ich liebe es, mit Smilla zwischen den Bäumen herumzustreifen, aber immer nur Wald? Ich musste wieder Fläche sehen, Weite, eine Ebene.

Ich nahm den Bus in die Stadt. Die nächstgrößere Stadt ist Borlänge, ungefähr hundert Kilometer entfernt. Durch Borlänge waren wir gefahren, als wir von Deutschland kamen. Dorthin wollte ich nicht, denn Borlänge zeichnet sich vor allem durch einen kleinen „Globen" aus, eine kleine Ausgabe des riesigen Einkaufszentrums in Stockholm, und eine hässliche Betoneinkaufsstraße im Stil der siebziger Jahre. Ich wollte nach Falun, in die Grubenstadt, die E.T.A. Hoffmann in seiner Erzählung „Die Bergwerke zu Falun" verewigt hat. In dieser Geschichte geht es um den jungen Elis, der Bergarbeiter in Falun wird und sich in die Tochter seines Chefs verliebt. In der Nacht vor der Hochzeit geht er noch einmal in den Berg, um seiner Braut einen schönen Stein zu holen. Doch Elis kommt nie wieder. Erst nach fünfzig Jahren wird seine Leiche gefunden. Seine Braut, die all die Jahre auf ihn gewartet hat, sieht den Leichnam und stirbt. Eine literarische Stadt, eine Stadt mit Geschichte. Dorthin wollte ich!

Falun ist nur wenige Kilometer von Borlänge entfernt. Hier gibt es das Landesmuseum von Dalarna, eine Hochschule, schöne Läden, eine Buchhandlung, die Landesbibliothek und vor allem ein Café. Ein Café, das direkt am Fluss liegt und in dem man belegte Ciabattabrötchen mit getrockneten Tomaten und Schafskäse genießen kann, ein Café, in dem man dampfende Latte bestellen und draußen sitzen kann. Zuvor jedoch kam die zwei Stunden lange Busreise. Ich nannte dem Busfahrer auf Schwedisch mein Reiseziel. Er erkannte sofort die Touristin in mir und antwortete auf Englisch. Aber da ich ja nun mal Schwedisch lernen wollte, konterte ich in seiner Muttersprache. Er lächelte und bedankte sich für mein Fahrgeld auf Schwedisch. „Tack så mycket" – „Vielen Dank". Ich genoss die langsame Fahrt durch die kleinen Dörfer, die Landschaft öffnete sich allmählich, man sah den Fluss, den „Dalälven", vorbeischlängeln. Der Busfahrer unterhielt sich mit den Leuten, grüßte freundlich und half den Einsteigenden, ihr Gepäck zu verstauen. Ab und an holte er an einer dafür vorgesehenen Stelle Pakete ab. Es ging langsam voran, langsam und gemütlich. Allmählich wurde der Bus voller, voller, aber nicht voll. Kurz vor Borlänge wurden die Fahrgäste nach Falun gebeten, den Bus zu verlassen, wir mussten umsteigen und fuhren mit dem bereits wartenden Bus weiter in die Großstadt. Von einem kleinen Zweitausend-Seelen-Städtchen in eine Stadt mit fünfundzwanzigtausend Einwohnern zu gelangen, das hat schon was. So viele Menschen auf einem Fleck hatte ich schon lange nicht mehr gesehen. Die Stadt pulsierte regelrecht, ich genoss das Bad in der Menge, eine halbe Stunde lang mindestens, dann wurde es mir zu viel, ich suchte mir ein ruhigeres Plätzchen und fand das Café. Ich hatte nicht geahnt, wie sehr mir solch ein Café gefehlt hatte. Endlich wieder das tun, was mir so vertraut war: sitzen, essen, trinken, schauen, zuhören, staunen. Und wenn ich aus dem Fenster blickte, sah ich den Fluss, ich schaute auf kleine Häuser, einen Kirchturm, weit und breit kein Wald in der Nähe.

Dieses Café sollte am Wochenende noch oft unser Fluchtpunkt werden. Wenn Tom und ich von der Stille, der Einsamkeit, der Ruhe und der wunderbaren Natur Vansbros genug hatten, dann nahmen wir das Auto und fuhren die hundertfünfzehn Kilometer nach Falun, um endlich wieder einen Milchkaffee zu trinken, um den Puls der Zeit zu spüren und um Menschen zu sehen, die nicht in ausgeleierten Trainingshosen und vergilbten Sweatshirts herumlaufen. Vansbro war und ist nicht der Nabel der Welt. Es ist ein verschlafenes Städtchen, umgeben von wundervoller Natur, mitten im traditionellsten Teil Schwedens, in Dalarna.

Ich lernte fleißig Schwedisch und versuchte, einen Job zu finden. Der Yogakurs lief am Abend, also konnte ich ja tagsüber arbeiten.
In Schweden ist es üblich, dass man sich persönlich bewirbt, vor allem wenn man in einem kleinen Städtchen wohnt, in dem jeder jeden kennt und alle wissen, dass der Personalchef mit dem Hund und den vier Kindern, die in Deutschland leben, eine Frau hat, die arbeitslos ist. Ich setzte mich an den PC und stellte mit Verwunderung fest, dass es im Vergleich zu den knapp siebentausend Einwohnern, die im Umkreis von fünfzig Kilometern in der gesamten Gemeinde Vansbro, leben, unvorstellbar viele Firmen gibt. Ganze siebenhundert Firmen waren eingetragen. Da gab es Einzelfirmen, die von der Schafzucht lebten, Frauen, die webten, selbstgebackenes Brot und

selbstgemachte Marmelade verkauften und Entspannungs-
kurse anboten, Männer, die Schreinerarbeiten verrichteten
und als fliegende Masseure unterwegs waren. Das war
schon mal nix. Es galt Firmen aufzusuchen, die Büro-
räume hatten, Firmen, deren Gebäude mir in der Stadt
auffielen. Doch zuerst musste ich mir meiner beruflichen
Fähigkeiten bewusst werden: Ich beherrsche die
wunderbare Fremdsprache Deutsch, ich habe im Büro
gearbeitet, ich bin arbeitsam, zielstrebig, freundlich, weiß,
wie man ein Buch verkauft (das war ja nicht so gefragt),
ich kann schnell arbeiten (auf Schwedisch?), bin höflich,
geduldig (na ja), habe viele Ideen, setze sie auch oft um,
ich bin kontaktfreudig, kann mich im Schwedischen
verständlich machen, bin bereit, den hiesigen Dialekt zu
verstehen, nicht zu sprechen, nur zu verstehen ... Viele
gute Eigenschaften kamen mir in den Sinn und die galt
es, erst mal zu übersetzen und auswendig zu lernen.
Denn auf die Frage „Was sind deine Stärken?" musste
ich ja antworten können. Diese Vorbereitungen dauerten
ein paar Tage. Ich legte mir eine Liste mit meinen guten
Gaben an, fragte Tom um seine Meinung; so kamen
einige positive Eigenschaften dazu, andere entfielen
und dann brauchte ich mentale Vorbereitung auf meine
Begegnungen mit potentiellen Arbeitgebern, denn die Art
von Bewerbung, die in Schweden üblich ist, war mir
etwas fremd: Ich sollte meine zukünftigen Arbeitgeber
telefonisch kontaktieren. Ich holte ein paar Mal tief Luft,
mein Atem wurde allmählich ruhiger, dann rief ich die
Sekretärin des Schuldirektors an und vereinbarte einen
Termin. Deutsch unterrichten, das sollte doch wohl kein
Problem sein – oder?
Der Direktor des Gymnasiums war nett. Er gab mir
höflich die Hand und sagte „jag har tid en liten stund".
Klasse dachte ich, er nimmt sich eine Stunde Zeit für
mich. Da kann ich ja erst mit ihm plaudern und dann

mein Anliegen vortragen. Es ging also zuerst einmal um Deutschland und Schweden, warum ich hierher gekommen sei, was mir an Schweden gefiele, warum gerade Vansbro? Merkwürdig, wo er doch wusste, dass ich die Frau des Personalchefs bin …. Ich erzählte ihm von meiner Liebe zur Natur, zu den Seen, den ruhigen Plätzen, der Überbevölkerung in Deutschland. Er nickte geduldig und schaute irgendwann auf die Uhr. Ich kam zur Sache. „Ich möchte gerne Deutsch unterrichten." Er rutschte unruhig auf seinem Stuhl herum. „Deutsch? Wir haben bereits eine Deutschlehrerin!" Zudem würde kaum mehr Deutsch unterrichtet. Jetzt sei Spanisch in. Aha. Das war mir neu, Deutsch, eine Weltsprache, eine Kultursprache, am Aussterben? Ich konnte nicht einmal mehr nachfragen, denn mein Gegenüber erhob sich, er habe leider keine Zeit mehr, aber er werde sich meinen Namen notieren, vielleicht ergäbe sich ja mal etwas. Ich war entlassen, obwohl er sich doch eine Stunde Zeit für mich nehmen wollte. Doch weit gefehlt: „Jag har tid en liten stund" bedeutet „Ich habe kurz Zeit, ein Weilchen, einen Augenblick", keineswegs jedoch eine Stunde. Schon wieder hatte ich etwas gelernt, gleich zwei Dinge: Gleichklingende Ausdrücke müssen in einer anderen Sprache keineswegs dasselbe bedeuten und Deutsch stirbt in Schweden wohl gerade aus. Schöne Aussichten!

Die nächste verschärfte Stufe der Bewerbung war: Klinkenputzen oder das persönliche Aufsuchen des Verantwortlichen eines Betriebs. Unweit unseres Hauses lag eine kleine Fabrik, die Sägeblätter und Seilwinden herstellte. Eine absolute Attraktion für einen Bücher liebenden Menschen. Aber ich wollte ja arbeiten. Ich nahm also all meinen Mut zusammen und ging direkt, ohne vorherigen telefonischen Kontakt, zum Chef. Er war da und hatte sogar Zeit, empfing mich freundlich. Ich war erst einmal verblüfft. Sicher hatte ich schon des Öfteren

gehört, dass es üblich ist, sich genau so zu bewerben:
hingehen, anklopfen, hier bin ich, ich möchte gerne
arbeiten. Mir jedoch war das fremd. Ich kannte nur den
korrekten Weg aus Deutschland: eine schöne Bewerbung
schreiben, all meine Zeugnisse vorlegen, alle Kenntnisse
herausstellen, die ich hatte und die ich nicht hatte,
natürlich ein attraktives Foto beilegen, sagen, wer man ist,
was man kann, was man bald können möchte ... Ich saß
dem Chef der Sägeblattfirma gegenüber und natürlich
wusste er, wer ich war: die Frau des deutschen
Personalchefs, der mit dem Hund und den vielen Kindern
...
Ich brachte mein Anliegen in meinem besten Schwedisch
vor. Er war freundlich, nett, er lächelte und fragte mich,
ob ich im Büro gearbeitet hätte. Natürlich! Ob ich Buchhaltung könne? Nicht gerade in dem Sinne, ich hatte in
Deutschland meine Steuererklärung gemacht, mit
Widerwillen, aber ich hatte sie immerhin gemacht, zwar
nicht immer rechtzeitig – nein, das sagte ich nicht, das
dachte ich. Ich bin bereit, Buchhaltung zu lernen, sicher,
auch auf Schwedisch. Kann ja wohl nicht so schwer sein.
Wir plauderten noch ein wenig. „Im Moment habe ich
keinen Bedarf, aber das könnte sich schnell ändern",
meinte er. Ich wusste damals noch nicht, was das Wort
„schnell" bedeutet, wenn ein Schwede es ausspricht. Er
verabschiedete mich und ich drückte ihm noch meine
Bewerbungsmappe in die Hand, die ich klugerweise
mitgenommen hatte; er schaute mich verwundert an. Das
war also wohl auch nicht üblich. Später sollte ich lernen,
dass man sich in Schweden vor allem nicht mit vielen
guten Zeugnissen bewirbt. Dagegen sind Referenzen
wichtig: nette Nachbarn, die bestätigen, dass man ein
freundlicher Mensch ist, Arbeitskollegen, die Gutes über
einen berichten, weil man immer zur „fika", zum Kaffeetrinken, mitgegangen ist; Vereinskollegen, die dem
zukünftigen Chef mitteilen, dass man sich sehr gut in die

Gruppe einfügt. Aber woher sollte das ein Neuankömmling wissen? Wieso hatte Tom damals eigentlich den Job als Personalchef bekommen? Er hatte sich doch ganz normal, so wie in Deutschland üblich, mit einer ausführlichen Bewerbungsmappe beworben. Weder ist er von Tür zu Tür gelaufen, hat freundlich gelächelt, sich vorgestellt noch hat er irgendwelche Menschen an der Hand gehabt, die bestätigten, wie anpassungsfähig er ist. Wir haben später noch oft darüber gegrübelt. Zu einem Ergebnis sind wir nicht gekommen. Vielleicht wollte niemand sonst in das kleine Nest, vielleicht hat er seine Chefs mit seinem guten Schwedisch beeindruckt, vielleicht sein Charme, vielleicht die Exotik: ein Ausländer und das in Dalarna, in Vansbro. Glück? Auch das muss der Mensch haben, Glück und das Vertrauen, dass das, was man sich vornimmt, klappt.

Das Ergebnis meiner Aktion war kein konkreter Job, aber vielleicht könnte es ja mal einer werden. Ich war zufrieden mit mir, denn ich fand es ganz schön mutig, mich einfach so blindlings zu bewerben. Ich bin nicht unbedingt der offene Typ, der auf jeden zugeht, ich halte mich eher zurück, im Hintergrund. Hier aber bin ich total nach vorne geprescht, habe mich in meinem Auslandsschwedisch unterhalten, habe gesagt, was ich will. Mutig – oder? Ich klopfte mir auf die Schulter, aber einen Job hatte ich nicht.

So ging ich tagsüber weiterhin in meinen Schwedischkurs „svenska för invandrare" und gab einmal in der Woche meinen Yogakurs. Tom arbeitete unter der Woche, am Wochenende schauten wir uns die Gegend an, entweder mit dem Fahrrad oder mit dem Auto. Es wurde wärmer, alles blühte, vor allem die Wiesen beeindruckten mich. So viele unterschiedliche Blumen in allen Farben. Es war wunderschön. Und trotzdem fehlte mir etwas. Ich hatte Heimweh, mir fehlte meine kleine Tochter, mir fehlte meine große Tochter, mir fehlten meine Freundinnen. Ich musste hier weg, raus, was anderes sehen, ich musste nach Deutschland.

Internetanschluss hatte ich schon, eine nette Frau von der Bank war bei uns zuhause gewesen und hatte mir dabei geholfen, den Sicherheitsschlüssel der Bank auf meinen Laptop zu laden. Eine schwedische Visakarte hatte ich dank des Personalchefs der Gemeinde auch schon bekommen. Was Beziehungen alles schaffen! Ich konnte also übers Internet einen Flug buchen ... und dann nichts wie weg. Doch das war gar nicht so einfach. Während Tom arbeitete, versuchte ich das Bürokratenkauderwelsch der schwedischen Luftfahrtgesellschaft zu verstehen. Was musste nicht alles in die blöden Zeilen eingetragen werden, aber irgendwann hatte ich es geschafft, das Flugticket war bestellt und ich flog für eine Woche nach Deutschland. Lena, meine Schwedischlehrerin, hatte vollstes Verständnis. „Geh nur", meinte sie, „und komm wieder!" Dem Arbeitsamt sagte ich nichts. Bisher hatte meine Betreuerin Elin nichts von mir wissen wollen, dann würden sie mich in den nächsten paar Tagen sicher auch nicht vermissen. Meine Freundin Mira in Deutschland, bei der ich all meine überflüssigen Sachen untergestellt hatte, bot mir an, bei ihr zu wohnen. Ich hatte also in Deutschland immer ein Dach über dem Kopf. Ich holte Greta zu mir, traf mich mit all meinen Freundinnen, sah Sarah, meine ältere Tochter, die nicht verstehen konnte, dass ich nach Schweden gegangen war. Ich aß endlich wieder eine Butterbrezel und einen Schweizer Wurstsalat und fühlte mich sehr wohl. Wie hatte ich sie alle vermisst! Vor allem Greta, die sich so freute, mich wiederzuhaben. Wir kuschelten zusammen im Bett, ich erzählte ihr Geschichten über Smilla, über die Bären im Wald, über die Elche, die ich noch nicht gesehen hatte (gab es die überhaupt in Schweden?). Sie war begeistert und wollte uns im Sommer besuchen. Alle wollten wissen, wie es mir ging. Ist es wirklich so kalt in Schweden? Wie sind sie, die Schweden? Sie sind doch freundlich oder? Verstehst du diese merkwürdige Sprache? Kannst du dich wirklich unterhalten? Was, du hast einen Yogakurs geleitet? Auf Schwedisch? Und du bist einfach zum Chef gegangen, ohne dich vorher anzumelden? Wie kannst du in so einem kleinen Nest leben?

Schön war's! Doch nach einer Woche voller Trubel zog es mich wieder zurück. Ich vermisste Tom, Smilla, den endlosen Wald, die Ruhe, die Seen und die Elche, die ich endlich sehen wollte.

Passend zu „midsommar" flog ich zurück. Das durfte ich ja nun nicht verpassen, mein erstes Mittsommerfest in Schweden. Ich flog nach Arlanda und fuhr dann mit dem Zug weiter nach Dalarna. Tom holte mich ab und danach ging es los.

Dalarna ist eine der traditionellsten Gegenden in Schweden, in denen „midsommar" wie eh und je gefeiert wird. Die Geschäfte haben zu, die Menschen pilgern aufs Land. Viele Schweden treffen sich in einem „bygdegård", das ist eine Ansammlung von alten Gebäuden, die oft in einem Viereck angelegt sind. Hier trifft man sich, wenn man feiern will. Bänke wurden aufgestellt, alle hatten sich fein gemacht; wer keine Tracht trug, der hatte zumindest seine schönsten Sonntagskleider angelegt. Der richtige Festakt beginnt dann, wenn die Maistange aufgestellt wird. Diese hat allerdings nichts zu tun mit dem Monat Mai. Maistange kommt von dem alten Wort „maja" und bedeutet „mit Blumen schmücken". Nach dem Aufstellen der Maistange begann etwas, was ich bis dahin noch nie gesehen hatte. Jung und Alt, kleine Kinder, Erwachsene, alte Herren und schmucke Damen tanzten, sich an den Händen haltend, um die Stange. Sie hopsten und lachten und sangen dabei das legendäre Lied, das ich bereits in meinem Sprachkurs in Stockholm gelernt hatte: „Små grodorna" – „Kleine Frösche". Es handelt von einem kleinen Frosch, der keinen Schwanz und keine Ohren hat. Wenn die Stelle mit dem Schwanz und den Ohren kommt, dann wackeln alle Tanzenden mit dem Hinterteil oder deuten die nicht vorhandenen Ohren an, sie hüpfen wie ein Frosch um die geschmückte Stange und kugeln sich gemeinsam im Gras. Zuerst war ich verwundert, dann peinlich berührt. Wie konnten sie nur? Dann jedoch fand ich das Ganze nur noch witzig und freute mich mit den lachenden Schweden, denn jetzt endlich sah ich einmal Schweden, die ihre Gefühle zeigen konnten. Sie kicherten, waren albern, sie lachten und sangen. Dies war eine ganz neue Seite der Schweden, die ich bisher nicht gekannt hatte. Später erkannte ich, dass dieser Gefühlsüberschwang auch daher kam, dass sie etwas mehr Alkohol als üblich zu sich genommen hatten. Egal, sie waren fröhlich und witzig. Nach dem Tanz um die Maistange ging das Fest weiter. Traditionelle Fidelmusik, Gesang, es gab gutes Essen, wenn die kleinen Mädchen bisher noch keinen Kranz im Haar hatten, dann flochten sie ihn jetzt. Es war eine gute Stimmung, es war schön hier. Ich war daheim.

Juli

Jetzt drängte die Zeit. War es nicht so, dass ich spätestens nach drei Monaten einen Job finden musste, um nicht als illegale Einwanderin untertauchen zu müssen? Einen Job aufzutreiben, egal welchen, das sollte doch zu schaffen sein! Anruf beim Sägeblatt- und Seilwinden-Mats. „Tut mir leid, aber gerade sieht es schlecht aus. Zudem haben wir ab Montag für drei Wochen Werkferien. Frag in einem Monat noch mal!" Das hat also nicht geklappt. Eine vorsichtige Nachfrage beim Arbeitsamt brachte auch keinen Erfolg. Dann las ich in der Zeitung, dass in diesem Jahr wie in wohl jedem Ärzte, Krankenschwestern und Altenpfleger allesamt gleichzeitig in Urlaub gehen und es wie immer fraglich sei, ob die Betreuung der Kranken und Alten über die Sommerzeit gewährleistet werden könne. Frauen, deren Niederkunft für Sommer anstand, sollten sich rechtzeitig um ein Bett im Krankenhaus bemühen. Kann man denn die Geburt seines Kindes so exakt planen? Vielleicht sind schwedische Schwangere mit anderen Fähigkeiten ausgestattet als deutsche? Egal, das war meine Chance. Ich bin zwar keine Ärztin, auch keine Krankenschwester, und hatte keinerlei Erfahrung mit alten Menschen, aber ich hatte Bücher über alle möglichen Psychokrankheiten verkauft, also los.

Ein Krankenhaus hatten wir in Vansbro nicht, nur eine „vardcentral", das ist eine Art Ärztehaus, in das man geht, wenn man kleine Wehwehchen hat. Für die großen ist das Krankenhaus in Mora zuständig. Aber ich war weder Ärztin noch Krankenschwester, also kam die „vårdcentral" nicht in Frage. Das Altersheim, das könnte vielleicht klappen. Das „ålderdomshem" lag nicht weit von unserem Haus entfernt. Ich konnte in zehn Minuten hinradeln. Ich öffnete die Eingangstür, eine merkwürdige Luft waberte mir entgegen. Roch es hier nicht nach Urin? O Gott, nichts wie weg hier! Ging nicht, ich brauchte eine Arbeit. Ich atmete tief durch den Mund ein und aus und fragte eine jüngere Frau nach dem Leiter des Altersheims. Lars, so hieß er, war in seinem Büro und da ich nicht wusste, ob er nur „en liten stund" Zeit hatte, fiel ich gleich mit der Tür ins Haus. „Brauchst du jemanden?" Und das tat er. Er freute sich, dass ich bei ihm arbeiten wollte, und störte sich auch nicht an meinen fehlenden Erfahrungen mit der Altenpflege. Sie hätten so wenige Leute hier, dass sie alle nehmen würden. Welch ein Kompliment, aber das tat nichts zur Sache. Dies hier sollte mein Einstieg in das schwedische Arbeitsleben werden! Er legte mir auch gleich einen Arbeitsplan auf den Tisch. Morgen bräuchten sie noch jemanden in der Abteilung für Demenzkranke. Da sei jemand krank geworden. Ob ich mir das vorstellen könne? Der Uringestank stieg mir wieder in die Nase, ich schluckte und sagte tapfer zu. Das also war geschafft. Innerhalb von drei Monaten in Schweden hatte ich, eine Bücher liebende Deutsche mit geringen Schwedischkenntnissen, einen Job in einem Altersheim mit Demenzkranken gefunden. Einen zeitlich begrenzten Sommerjob zwar, aber das war egal. Dies wäre mir sicher nicht in Deutschland gelungen.

Dieser Erfolg musste gefeiert werden. Mein Aufenthalt in Schweden war gesichert. Wie gesagt, ich hatte nie daran gezweifelt, dass es klappen würde, höchstens mal heimlich, nachts, in meinen Träumen. Tom gestand mir später, dass er ab und an von bösen Ahnungen geplagt worden sei, vor allem als Mats von seinen Werkferien erzählt hatte. Aber das war nun ausgestanden. Wir hatten etwas zu feiern und feiern tut man, in Deutschland wie in Schweden, meist mit Alkohol. Und das hatten wir auch vor.

Alkohol gibt es in Schweden in einem besonderen Laden, der „systembolaget" genannt wird. Man kann also nicht mal schnell an die Tanke um die Ecke, wenn's spät geworden ist, und sich mit einem netten Bierchen oder einen Spätburgunder eindecken. Der Alkoholladen hat in Schweden an gewöhnlichen Werktagen bis sechs Uhr

abends geöffnet. Damals konnte man von Montag bis Freitag einkaufen, Samstag und Sonntag war geschlossen. Seit einigen Jahren ist der Alkoholladen nach heftigen Debatten in Schweden nun auch samstags geöffnet, aber der Sonntag ist immer noch tabu. Es war Montag, als ich die frohe Botschaft von Lars, dem Leiter des Altersheims, entgegennehmen durfte. Tom arbeitete bis fünf, ich holte ihn im Rathaus ab und dann legten wir schnell die fünfzig Meter zu Fuß zum Alkoholladen zurück. Gähnende Leere! Eigentlich zieht man dort einen Nummernzettel und stellt sich brav in die Schlange, bis die Nummer in einem Display erscheint. Heute jedoch, am Montag, war dies nicht nötig. Denn montags kauft man in Schweden keinen Alkohol. Der Schwede deckt sich meist am Freitag mit dem Bedarf für das kommende Wochenende ein. Dann trinkt er das meiste am selbigen Abend, der Rest wird am Samstag niedergemacht; am Sonntag wird der Rausch ausgeschlafen und am Montag ist man wieder fit für die Arbeit, für die Familie, die Freunde und den Chef. Ein absoluter Fauxpas ist es jedoch, montags in den Alkoholladen zu gehen. Wenn man dies tut, dann hat man es wohl nötig und wird von seiner Umgebung als Säufer eingestuft. Dies jedoch ging uns an der Hutschnur vorbei. Wir waren Ausländer und die dürfen ja manchmal etwas merkwürdig sein. Frohen Mutes gingen wir in den leeren Laden, kauften uns einen teuren Rotwein, begegneten dem misstrauischen Blick der Verkäuferin mit einem Lächeln und einem „schönen Abend noch" und tranken das wunderbare Nass am Ufer des „Dalälven". Alles war perfekt. Ich hatte einen Job gefunden, das Abendrot leuchtete, Smilla kuschelte sich an unsere Beine und die kleinen netten Stechmücken ließen auch nicht auf sich warten. Jetzt wusste ich, ich bin in Schweden angekommen.
Da wir wegen der etwas übertrieben hohen Preise schon lange keinen Rotwein mehr getrunken hatten, spürten wir

die Wirkung des Alkohols sehr deutlich. Beschwingt schaukelten wir heimwärts. Smilla schaute zwar etwas verwundert über unseren Gang, aber ihr schien es zu gefallen, als wir lauthals deutsche Lieder auf dem Nachhauseweg trällerten. Sie, die eigentlich nicht bellen konnte, jaulte mehrmals auf, so als wolle sie sagen, dass auch sie sich über mein Bleiben freue.

Am nächsten Morgen war ich pünktlich um acht Uhr im Altersheim und wartete gespannt auf meine neuen Aufgaben. Lars übergab mich Lisa, der Leiterin der Station für Demenzkranke, und dann ging es los. Zuerst mal Kaffee kochen, denn die „fika", das Kaffeetrinken, ist in Schweden heilig. Die Alten saßen schon alle am Tisch, fertig angezogen, ich brauchte mich also nur noch dazuzusetzen und ihnen beim Essen und Trinken zu helfen. Einige von ihnen konnten das alleine, zwei, drei brauchten jedoch Hilfe und für die war ich zuständig. Ich stellte mich vor, sie freuten sich, dass eine Neue da war und eine Ausländerin dazu, und redeten freundlich und aufgekratzt mit mir. Nach dem Frühstück ging ich mit einem Mann auf dem Gang spazieren, der mir ständig Geld in die Hand drücken wollte, damit ich ihm ein Taxi bestellte. Er wollte nach Hause. Ich versuchte ihn abzulenken, vertröstete ihn auf morgen, leicht war dies nicht. Dann setzte ich mich zu einer sehr attraktiven alten Dame mit wunderschönem vollem, dunklem Haar. Sie konnte sich nicht mehr richtig ausdrücken, dafür sang sie jedoch ständig vor sich hin; gleichzeitig nestelte sie an ihren Kleidern und machte an ihrer Bluse einen Knopf nach dem anderen auf. Als sie sich an ihrem BH zu schaffen machte, versuchte ich sie daran zu hindern, was nicht ganz leicht war, denn die alte Dame hatte einen starken Willen. Aber es gelang mir schließlich, dass sie ihre Bluse wieder selbst zuknöpfte und den Reißverschluss ihrer Hose schloss. Später erfuhr ich, dass sie vor vielen

Jahren eine bekannte Cancansängerin in Schweden gewesen war. Eine Frau auf der Station war bettlägerig, sie musste am Bett gefüttert und versorgt werden. Diese Arbeit fiel mir sehr schwer. Ich war bisher noch nie mit solch einem Elend konfrontiert gewesen, aber auch das musste getan werden. Am Abend war ich geschafft, aber auch stolz. Ich hatte, ohne Vorkenntnisse auf einer Demenzkrankenstation gearbeitet, mich in meinem gebrochenen Schwedisch mit alten Menschen unterhalten und sie hatten sich gefreut, dass sich jemand Zeit für sie nahm und ihnen von Deutschland erzählte.

Ich arbeitete nicht jeden Tag, manchmal hatte ich ein, zwei Tage frei. Da der Schwedischunterricht im Juli nicht stattfand, hatte ich viel Zeit für mich. Ich faulenzte, ging mit Smilla in den Wald, las endlich die Bücher, die ich schon immer lesen wollte, und erkundete die Gegend. Wenn Tom von der Arbeit kam, radelten wir oftmals am Fluss entlang oder paddelten mit unserem Schlauchboot auf dem „Dalälven". Die Tage waren lang. Im Juli wird es nicht mehr richtig dunkel und so hatten wir viel Zeit füreinander. Merkwürdigerweise wurde ich auch nicht richtig müde. Die Sonne und das lange Tageslicht beleben den Körper ungemein und es ist ein wunderbares Erlebnis, um Mitternacht auf dem Fluss zu paddeln und den Bibern bei der Arbeit zuzuschauen. Die Luft ist lau, ein Windchen weht, es ist warm, aber nicht mehr heiß, die Paddel plätschern leise, ansonsten ist alles still. Manchmal hört man noch einen Vogel, sonst nichts. Stille.

Die Arbeit gefiel mir. Ich war mit Menschen zusammen, ich verbesserte mein Schwedisch, wenn ich mit ihnen redete, ich hatte wieder einen festen Tagesablauf und ab und an hatte ich frei und genoss mit Tom den wunderbaren Sommer.

Doch nun galt es, die nächste bürokratische Hürde zu nehmen.

Ich brauchte eine „richtige" Personennummer. Schon bevor ich nach Schweden gekommen war, hatte Tom für mich eine „vorläufige" Personennummer beantragt, damit ich hier überleben konnte. Jetzt aber musste ich mir eine echte Personennummer besorgen, denn nun war ich drei Monate in Schweden und wollte auch bleiben.

Die „personnummer" ist in Schweden eine heilige Kuh, an der nicht gerüttelt werden kann, darf oder soll. Jeder kleine Schwede, der in diesem Land geboren wird, bekommt sofort nach der Geburt (vielleicht auch schon vorher?) eine Nummer, mit der er eindeutig identifizierbar ist. Die Nummer besteht aus zehn Ziffern. Die ersten sechs setzen sich aus dem Geburtsdatum zusammen, die vier folgenden sind Kontrollziffern, an denen man Männchen oder Weibchen, Ausländer oder Eingeborene ... erkennt.

Ich beantragte diese Nummer beim schwedischen Finanzamt, beim „skatteverket", und – oh Wunder – es gab überhaupt keine Schwierigkeiten. Nach zwei Wochen bekam ich einen Brief und wurde aufgefordert, nach Borlänge zu kommen, um meine Personennummer persönlich beim Finanzamt abzuholen. Das war's auch schon. Und nachdem ich diese Nummer hatte, konnte ich mich auch bei der Einwanderungsbehörde melden und bekam ein kleines weißen Kärtchen, auf das die besagte Nummer eingeprägt war. Dort stand, dass ich eine fünfjährige Aufenthaltsgenehmigung in Schweden hatte. Fünf Jahre – Wahnsinn! Mit meiner Nummer und dem weißen Fünf-Jahres-Kärtchen konnte ich nun also immer belegen, dass es mich gab. Nach der Personennummer wird man in Schweden ständig gefragt. Als ich einmal die Krankenkasse anrief und deutlich meinen Vornamen sagte, den die Schweden ständig als „Gertrud" missverstehen, weil es meinen Namen in Schweden nicht gibt, sollte ich meine Nummer sagen. Ich nannte sie freundlich und nun verstand die Person in der Leitung, mit wem sie sprach. Als ich in Falun ein Buch mit Kreditkarte kaufen wollte, musste ich mein Kärtchen mit der Nummer zeigen. Und als ich mir einen neuen Laptop zulegen wollte, war meine Nummer unerlässlich. Ohne sie hätte ich den Laptop nicht auf Kredit kaufen können. Jetzt also hatte ich alles, was man in Schweden braucht: eine Personennummer, eine Aufenthaltsgenehmigung, einen Job und eine Visakarte, um mein erstes Gehalt auszugeben.

Und die Gelegenheit kam auch sehr schnell. Im Juli gibt es in Vansbro ein Ereignis, das in ganz Schweden und nicht nur dort bekannt ist. Das „Vansbrosimningen", ein Schwimmwettbewerb, an dem mehr als sechstausend Schwimmer von Jung bis Alt teilnehmen. Die Schwimmer kommen nicht nur aus Schweden, sondern aus aller Herren Länder. Ich habe nie verstanden, warum dieses Schwimmfest eine solche Attraktion ist. Der „Dalälven", der Fluss in Vansbro, ist im Juli meist noch eiskalt, das heißt, viele schwimmen in einem Neoprenanzug und wenn nicht, dann frieren sie sich den Hintern ab, wenn sie in das kalte Wasser springen, das erst vor sechs Wochen aufgetaut ist. Zudem müssen alle Teilnehmer eine Gebühr zahlen, die gar nicht ohne ist. Das heißt, diese Menschen springen freiwillig in einen Eisfluss und bezahlen auch noch dafür. Aber sie müssen es wissen.
Das Fest des Jahres fand also im Juli statt und wir waren dabei. Das einzige Hotel Vansbros war ausgebucht, die Turnhalle und die Schulen waren vollgestopft mit frohgemuten Schwimmern, der Zeltplatz war überbelegt, die kleinen Hütten belegt und auch die umliegenden kleinen Orte profitierten von den Menschenmassen, die plötzlich in Vansbro einliefen. Sechstausend Schwimmer plus Besucher in einem Zweitausend-Einwohner-Städtchen, das ist eine Herausforderung.

Wir wollten uns die Eröffnung nicht entgehen lassen und liefen zum Start. Und da begriffen wir, welche Logistik hinter einer solch großen Veranstaltung steckte. Die Teilnehmerinnen und Teilnehmer bekamen Nummern, wurden aufgerufen und sprangen in einem bestimmten Sekundentakt, den ich nicht verstanden habe, in das vor Kurzem aufgetaute Wasser. Sie kämpften sich vorwärts, schwammen um die Wette und irgendwann standen dann die Sieger der Männer, Frauen und Kinder fest. Der Hauptsieger wurde später in einer Marmortafel vor dem Touristenzentrum verewigt. Auf der Festwiese gab es Rodeoreiten, furchtbare Volksmusik, fette schwedische Würste, von denen ich auch heute noch Magenschmerzen bekomme, und man sah endlich mal wieder viele fröhliche Menschen, die von weit herkamen. Stockholmer, die uns beneideten, weil wir in so einer schönen Gegend wohnen, Schweden aus Skåne, die wir auch bei mehrmaligem Nachfragen nicht verstanden, Engländer, die sich über die vielen lachenden Schweden wunderten, denn dort ist die Humorlosigkeit der Schweden wohl landesweit bekannt. Wir fühlten uns eine Zeit lang sehr wohl, dann wurde es uns zu voll und zu laut. Eine solche Menschenmasse ist einfach nichts für uns, die wir uns so gut an die Einsamkeit gewöhnt hatten. Wir verließen die Stätte des Vergnügens und radelten mit Smilla am Fluss entlang. Und nach nur einem Kilometer war es wieder so still wie immer.

Das Leben war schön, es war warm, ich verdiente mein erstes Geld in Schweden, ich musste nur manchmal arbeiten, wenn ich gebraucht wurde, und hatte auch noch für Besuch Zeit, denn meine Schwester hatte sich mit Schwager angemeldet. Sie wollten ein paar Tage bleiben und so suchte ich die besten Ausflugsmöglichkeiten der Gegend heraus. Meiner Schwester, die in Astrid Lindgrens legendärem Småland ein Ferienhaus hat, wollte ich zeigen, dass es auch in Dalarna schöne Fleckchen gibt. Und die gibt es!

Wir waren zuerst in Vansbro und Umgebung, genossen die vielen kleinen Seen, die Ruhe, dann wollten wir jedoch etwas weiter weg. Der Siljansee kam mir in den Sinn, ein wunderschön gelegener See, der von Mora bis Leksand reicht. In dem kleinen Dörfchen Siljansnäs gibt es ein romantisch gelegenes Seminarzentrum, in dem man gut essen kann. Das war unser erstes Ziel. Wir genossen das ausgezeichnete Büffet und den Kaffee im blumenreichen Garten und fuhren weiter Richtung Falun und dann nach Sundborn, in das kleine Dörfchen, in dem Carl Larsson mit seiner zahlreichen Familie gelebt hatte. Carl Larsson ist der Inbegriff des Schwedischen und wenn man heute in ein Ikea-Warenhaus geht, dann weiß man, warum. Er hat die wunderschönen farbenprächtigen Zimmer seines Hauses auf Bildern verewigt und damit den Eindruck vermittelt, dass es so wohl überall in Schweden ausgesehen habe. Auf seinen Bildern sieht man Larssons Kinder, wie sie nackt auf der Wiese umherspringen und an Lucia mit echten Kerzen auf dem Kopf herumlaufen; seine Frau Karin sitzt im Trägerkleid am Webstuhl und webt prächtige Teppiche. Es ist wunderbar, dieses Haus, die Einrichtung und die traumhaften Gemälde Carl Larssons anzuschauen. Mit der Realität der Bevölkerung hatte diese Idylle jedoch nichts zu tun. Die Larssons waren eine Künstlerfamilie und haben sich, Larsson hatte schon zu Lebzeiten sehr gut verdient, ein farbenfrohes kreatives Heim geschaffen. Damit standen sie jedoch recht einsam auf weiter Flur, denn die meisten Schweden waren Anfang des 20. Jahrhunderts sehr arm.

In Sundborn angekommen erhielten wir eine deutsche Führung und das Beste war, die Frau, die uns begleitete, war die achtzigjährige Enkelin Carl Larssons. Sie erzählte uns in ausgezeichnetem Deutsch Anekdoten, die sie von ihrer Mutter Britta, der Tochter Larssons, gehört hatte, und klärte uns über das ungewöhnlich lebhafte Familienleben der Larssons auf. Sie legte auch besonderen Wert darauf, uns auf die Fingerfertigkeit von Carls Frau Karin hinzuweisen, die erst in den letzten Jahren in Schweden wie auch in Deutschland als begabte Künstlerin Anerkennung fand. Diese Künstlerin hat viele wundervolle Handarbeiten hinterlassen, die man heute in Sundborn bewundern kann. Wir waren überwältigt von der Schönheit und der Einrichtung des Hauses und es war schade, dass wir nach einem Spaziergang durch das äußerst gepflegte Städtchen Sundborn schon wieder zurück nach Vansbro mussten. Aber der Besuch wollte weiter und ich musste wieder zu meinen netten Senioren im Altersheim.

August

Ich arbeitete wieder, ich pflegte, fütterte, wusch, zog an und setzte die alten Menschen auf den Topf. Nicht immer machte mir das Spaß, aber ich lernte ungeheuer viel. Ich war dankbar, dass ich mich alleine versorgen konnte, und immer wenn mich die Sehnsucht nach Deutschland und meinen Lieben packte und ich vor Mitleid mit mir selbst zerfließen wollte, dachte ich an die Alten im Heim, die keine Chance hatten, jemals wieder nach Hause zurückzugehen.

Eines Tages kam Lars zu mir und meinte: „Morgen Nachmittag wirst du alleine auf der Station sein. Emma ist krank und Lisa muss auf eine Fortbildung. Aber das ist nicht schlimm, du schaffst das schon!"

Ich war völlig geschockt. „Ich kann doch nicht ... Nein, diese Verantwortung ... Und wie bekomme ich Elsa dazu, dass sie sich nicht ständig auszieht, und wie soll ich Anton ins Bett bringen, der sich immer mit Händen und Füßen wehrt ...?" Aber Lars war unerbittlich. „Tut mir leid, aber es geht nicht anders." Und dann kam der Spruch des Jahres, ein Spruch, den ich immer und immer wieder in Schweden hören sollte: „Det ordnar sig!" – auf Deutsch „das wird schon!"

In der Nacht vor dem besagten Nachmittag konnte ich nicht schlafen. Tom war mir keine große Hilfe. Auch er meinte, ich würde das schon schaffen, aber ich dachte das nicht. Alle möglichen Horrorszenarien schossen mir nachts durch den Kopf. Anton zieht sich nicht aus, er schreit und tobt und ich kann ihn nicht beruhigen. Elsa schleudert mir ihre Kleider entgegen, sie steht nackt vor mir und die ganze Meute lacht und kreischt; Zitterkarl wirft seine Kaffeetasse mitsamt dem Kuchen auf den Boden und trampelt den Matsch noch fest und schließlich beißt mir Oskars Gebiss in den Arm. Ich schrie! Schweißgebadet wachte ich auf und versuchte mich zu beruhigen. Wie sollte ich solch eine Aufgabe – auf Schwedisch – bewältigen?

Am nächsten Nachmittag machte ich mich langsam, aber sicher auf den Weg Richtung Altersheim. Der Weg war unendlich lang. Ich trat auf die Pedale meines Fahrrads, aber irgendwie wollte es nicht so recht vorangehen. Schließlich kam ich an und meine netten Alten begrüßten mich freudestrahlend. Sie freuten sich wie immer, mich zu sehen. Ich kochte den Nachmittagskaffee, deckte im geschlossenen Innenhof den Tisch und setzte sie auf ihre Plätze. Elsa tätschelte mir die Wangen und sang ein Lied vor sich hin, ohne sich dabei auszuziehen. Karl hielt seine Kaffeetasse wie eine Eins und Oskars Gebiss blieb an Ort und Stelle und biss in den Kuchen anstatt in meinen Arm. Ich versorgte alle, so gut es ging, sah mit Anton am Abend einen Film und brachte ihn ins Bett, als er müde war … Alles ging gut. Ich hatte es geschafft und als mir Anton noch einen Handkuss zum Abschied gab, ja, da schmolz ich dahin und war stolz wie schon lange nicht mehr. Ich hatte meine fröhlichen Alten über den Tag und dazu noch ins Bett gebracht, ohne dass eine Katastrophe passiert war. Sie schliefen selig, die Nachtwache kam, ich war hundemüde und in dieser Nacht hatte ich keinen Albtraum. Diesmal träumte ich von einem galanten älteren Herrn, der mich im Smoking zum Ball ausführte und mir zum Abschied die Hand küsste.

Es war Sommer, schon August und die Blaubeeren wurden reif. Auf dem Land ist es üblich, dass man seine eigenen Beeren pflückt: Blaubeeren im August, Preiselbeeren im September, dann kommen die Pilze, aber die kann ich nicht pflücken, das würde fatal enden. Also Blaubeeren. Am Wochenende machten wir uns gemeinsam mit Smilla auf in den Wald und pflückten die köstlichen Beeren. Wir hatten zwei Eimer dabei und dann ging es los, das Bücken. Was für eine Arbeit! Die schwedischen Blaubeeren sind nicht so groß, wie jene, die wir aus dem Supermarkt kennen. Die gekauften Beeren sind riesig, überzüchtet und schmecken wässrig. Schwedens Blaubeeren sind klein und süß, köstlich, aber unendlich mühsam zu pflücken. Nach einer halben Stunde war mein kleiner Eimer zumindest schon am Boden bedeckt. Mund und Zunge waren blau, dasselbe bei Tom und Smilla, und mein Rücken tat weh. Pause. Wir legten uns auf den weichen Waldboden in die Sonne und schlossen die Augen. Diese Stille, kein Geräusch, kein Laut und dann. Shit, Mücken! Die kleinen fiesen Biester setzten sich aufs Gesicht, auf Arme und Beine, sogar vor Nasenlöchern und Ohren machten sie nicht halt. Wir schlugen um uns, hüpften um die Wette und gaben unseren wundervollen weichen Waldbodenplatz auf und pflückten weiter; denn in Bewegung ließen uns die grässlichen Mücken in Ruhe. Pflücken, pflücken und endlich war es geschafft. Wir hatten unsere Eimer voll, den Bauch auch, und konnten die Köstlichkeit fotografieren und das Beweisfoto an die Verwandtschaft schicken. Die ersten selbstgepflückten Blaubeeren! Sie landeten am Abend im Vanilleeis und am nächsten Tag verspeisten wir sie als Kuchen mit wundervoller Zimtsahne.

Die Tage eilten dahin. Immer noch war es wunderbar hell und warm und so beschlossen Tom und ich, ein paar Tage Urlaub in Lappland zu machen. Lars, mein Chef im Altersheim, hatte nichts dagegen, ich war ja so „duktig", so „tüchtig", gewesen, als ich die Station alleine geleitet hatte. Es ging los, Richtung Norden.
Wir fuhren mit dem Bus nach Mora und von dort sollte es mit der Inlandsbahn nach Östersund und Jokkmokk gehen. Danach weiter mit Bus und Boot nach Saltoluokkta, zu einem Musikfestival mitten in der Pampa in den Bergen Lapplands. Die Inlandsbahn wird so genannt, weil sie im Inland Schwedens von Kristinehamn bis nach

Gällivare, der Endstation in Lappland, fährt. Sie hat mit einem gewöhnlichen Zug wie dem X2000 nichts gemeinsam. Die Bahn ist alt, uralt, die Waggons scheinen aus dem Anfang des letzten Jahrhunderts zu stammen, von den Loks ganz zu schweigen. Und das genau macht den Reiz der Zugfahrt aus. Es geht nicht darum, so schnell wie möglich ans Ziel zu kommen, es geht darum, den schönsten Weg zu wählen und an den sehenswertesten Plätzen anzuhalten, auszusteigen, zu baden, zu essen, zu schauen, zu sein. Wer den Film „Zugvögel ... einmal nach Inari" gesehen hat, weiß, was ich meine.

Schon der Beginn der Zugfahrt war spannend. Es ging in Mora los, der kleinen netten Stadt am Siljansee, oder besser gesagt, es sollte dort losgehen. Denn als wir am nächsten Morgen auf unseren Plätzen saßen und gespannt warteten ... geschah erst einmal nichts. Der Zug stand, so wie er wohl schon die ganze Nacht gestanden hatte. Dann ein Rucken, ein Zucken, ein lauter Schrei des Lokführers – was sehr ungewöhnlich ist, denn Schweden schreien normalerweise nicht – dann kam ein Fluchen – „fy fan", was so viel heißt wie „verdammte Scheiße". Eilig liefen nette Zugbegleiterinnen durch die Gänge und erklärten den verdutzten Fahrgästen, dass sich die Türen im Moment nicht schließen ließen, aber das würde schon werden, nur Geduld. „Tålamod" heißt das Stichwort. Hatte ich das nicht schon mal erwähnt? Die Minuten vergingen, die netten Damen liefen durch die Reihen, nahmen die Essensbestellungen des Tages auf und erläuterten uns den Ablauf der Reise.

Wir bekamen die Speisekarte in die Hand gedrückt und durften unser Mittags- und Abendmenü aussuchen. Unterwegs würde man anhalten und dann könnten wir das bestellte Mahl entweder im Restaurant essen oder auch im Zug, wie wir wollten. Wir hätten Zeit, um uns ein kleines Museum anzuschauen, das auf der Wegstrecke liegt, und würden auch einmal zum Baden anhalten. Die Zeit verging wie im Flug, wir vergaßen fast, dass der Zug ja noch gar nicht fuhr, die Türen … Aber dann ging es wie versprochen los.

Es wurde eine Reise in die Vergangenheit. So mussten die Zugreisenden früher unterwegs gewesen sein. Der uralte Zug ruckelte und fuhr in angenehmer langsamer Geschwindigkeit dahin. Die Bäume rauschten nicht vorbei, wir sahen sie wirklich. Wir schauten auf die glitzernden Seen, an denen wir vorbeikamen, wir hielten auf einer alten historischen Brücke und eine Lautsprecherstimme erzählte uns von deren Bedeutung. Wir hatten genau zwanzig Minuten Zeit, um an einer kleinen Bucht zu baden, und dann nahmen wir mittags und abends unsere bestellten Menüs in winzigen Holzhäuschen ein. Wir konnten Honig und Elchwurst kaufen und uns in einem Museum über die Geschichte der Inlandsbahn informieren. Noch nie hatte ich eine solch entspannte Bahnfahrt erlebt. Da machte es überhaupt nichts, dass wir ziemlich durchgeschüttelt wurden, dass die Sitze nicht gerade die bequemsten waren und dass wir viel zu spät am ersten Übernachtungsort in Östersund ankamen. Dort fuhren wir mit dem Taxi auf den Frösöberg, auf dem schon Nils Holgersson Station gemacht haben soll, übernachteten in einer Jugendherberge hoch über der Stadt und am nächsten Morgen ging es genauso gemütlich weiter wie am Tag zuvor. Wir fuhren nach Jokkmokk.

Jokkmokk ist in Schweden, und nicht nur dort, wegen seines traditionellen Samimarkts bekannt. Er findet dort jedes Jahr Anfang Februar statt. Dann geht es in der kleinen Stadt so richtig ab. Tagsüber ist Markt und man kann traditionelles Handwerk der Sami kaufen. Am Abend finden kulturelle Veranstaltungen statt: Musikaufführungen, Theater auf Eisblöcken, Lesungen, neueste Designermode der Sami und natürlich darf das Essen und Trinken nicht fehlen. Der Markt ist auch heute noch einer der schönsten des Nordens. Doch jetzt war es

Sommer, es lag kein Schnee und es gab schon gar keinen Markt, aber dafür gab etwas anderes, etwas so Wunderbares, dass ich auch heute noch ins Schwärmen gerate, wenn ich nur daran denke und mir den Duft vorstelle. Kommt gleich! Zuerst einmal stiegen wir in Jokkmokk aus und mit uns drei Japaner und ein deutsches Pärchen, die wir auf der Zugfahrt kennengelernt hatten. Mit ihnen allen verabredeten wir uns am nächsten Abend in einer Kneipe, die Tom noch von früher kannte. Wir quartierten uns in einer Hütte am Campingplatz ein, erkundeten am nächsten Tag die kleine Stadt – was nicht allzu lange dauerte – und dann kam sie, die Krönung des Abends. Restaurant „Opera" heißt die kleine Kneipe an der Hauptstraße, in der wir uns trafen. Mormoz, der Koch dieses Restaurants, ein netter Iraner, der seit einigen Jahren gemeinsam mit seiner Frau Fereshteh das Restaurant betrieb, backt hier das köstlichste Gericht, das ich kenne: Pizza Lappland. Eine Pizza, die nach Natur schmeckt, nach Rentier, nach Wärme und Sonne, nach den Bergen und Seen dieser Gegend. Pizza Lappland, geformt wie ein Boot, der krosse Rand leicht eingerollt, um die köstliche Füllung aus Rentierfleisch mit Preiselbeer- und Béchamelsoße zurückzuhalten. Ein Anblick, der bezaubert, und ein Geschmack, der beim Genießer alle Sinne anregt. Wir genossen dieses Gericht mit Rotwein, unterhielten uns, und lachten mit unseren neuen Bekannten und kamen später mit Mormoz ins Gespräch, der uns fragte, ob wir seine Speisekarte nicht ins Deutsche übersetzen könnten. Aber klar! Und so kamen wir am nächsten Abend wieder, diesmal ohne unsere Begleiter, die schon weitergereist waren, und übersetzten die umfangreiche Karte in unsere Muttersprache. Dafür bekamen wir zwei Pizza Lappland – gratis natürlich. Pizza Lappland, ein Hochgenuss und seitdem ein absolutes Muss, wenn wir in Jokkmokk sind.

Die Reise mit der Inlandsbahn war vorbei. Jetzt zogen wir auf eigene Faust Richtung Berge los. Ab Jokkmokk fuhren wir zuerst mit dem Bus, dann mit dem Boot und am nächsten Abend waren wir in Saltoluokkta, einer luxuriös ausgestatteten Bergstation mitten in den Bergen Lapplands. Kühl war es dort, um nicht zu sagen kalt, aber wir hatten den Sommer ja schon in Dalarna genossen. Nun kamen unsere dicken Jacken zum Einsatz. Da Smilla dabei war, mieteten wir eine kleine Hütte, die außerhalb des Haupthauses lag. Trotzdem konnten wir alle Annehmlichkeiten der Jugendherberge in Anspruch nehmen. Vor allem der offene Kamin in der Eingangshalle und das schöne Restaurant mit solch exquisiten Speisen wie gebackene Kartoffeln auf Rentierfleisch und Preiselbeeren waren äußerst verlockend. Tagsüber wanderten wir in den Bergen und dafür waren die herbstlichen Temperaturen ideal. Abends fanden dann Musikveranstaltungen im Freien statt. Wir hörten Joik, den traditionellen Gesang der Sami, Volksmusik und Pop. Vor allem der Joik ist es, der mich fasziniert. Er erinnert mich manchmal an die Gesänge der Indianer oder der Maoris in Neuseeland. Mari Boine, eine norwegische Sängerin, ist Meisterin im Joiken. Leider war sie nicht da, aber dafür joikten andere, sehr gute Musikerinnen und verzauberten uns Zuhörer mit den ungewöhnlichen Klängen. Etwas weniger angenehm waren die Mücken, die sich bei den Musikveranstaltungen zuhauf blicken ließen. Das einzige Mittel, das gegen diese Bestien ein wenig zu helfen scheint, heißt „Wilma". „Wilma" gibt es in der Dose und sieht aus wie eine Schuhcreme. Sie besteht aus Teer und riecht auch genauso. Gewöhnungsbedürftig – aber nur am Anfang. Wenn es uns heute mal zu lange dauert, bis der Sommer endlich auch in Schweden eintrifft, dann holen wir im Mai schon mal „Wilma" aus der Schublade und schnüffeln daran. Wir saugen den merkwürdigen Geruch ein, ziehen ihn hoch in die Nase und dann, dann können wir den schwedischen Sommer sogar riechen.

Ich genoss gemeinsam mit Tom und Smilla die herrliche Natur Lapplands und: Ich pflückte die ersten „hjortron" meines Lebens und aß sie auch. „Hjortron", das sind Moltebeeren. Sind sie reif, dann haben sie eine durchsichtige orange Farbe. Sie haben einen sehr seltsamen Geschmack, einen Geschmack, der sich nicht beschreiben lässt. Ich kann nicht behaupten, dass „hjortron" gut schmecken, sie schmecken „interessant", wie der Schwede sich ausdrückt, wenn er sich nicht so recht entscheiden kann, ob er etwas mag oder nicht.

Ich hatte Geburtstag und Tom schenkte mir mein erstes echtes Samiarmband, ein Band, das die Sami aus Leder- und Silberdraht anfertigen. Wunderschön, in einem leuchtenden Rot, Silber und Blau. Und ich erlebte dort in Saltoluokkta den größten kulinarischen Schock meines Lebens. Das heißt, nach dem Höhepunkt mit der meisterhaften Pizza Lappland folgte ein paar Tage später der Tiefpunkt. Ich begann an der Kochkunst und nicht nur daran, ich begann am guten Geschmack der Schweden zu zweifeln.

„Surströmming", den Sauerfisch, kannte ich bisher nur vom Hörensagen. Jetzt jedoch war es mir vergönnt, ihn auch zu riechen. In der Jugendherberge wurde das „Surströmmingessen" als der Höhepunkt des Musikfestivals angepriesen. Man musste sich voranmelden, denn das kleine Restaurant konnte so viele Gäste nicht gleichzeitig bewirten. Dafür auch noch bezahlen? Schon am Nachmittag zogen die ersten Schwaden eines ekelerregenden Geruchs durch das Gebäude. Ich verzog mich, ging weg vom wärmenden Feuer, setzte mich nach draußen, aber auch hier war es kaum auszuhalten. Tom war mit Smilla unterwegs und so fragte ich eine junge Frau, die vor der Jugendherberge saß, ob sie wüsste, was das sei.

„Klar, „surströmming", meinte sie. „Unser Festessen heute Abend."

„Kann man das denn essen?", fragte ich, wohl etwas erstaunt. Die junge Frau, eine Künstlerin aus Südschweden, die auf der Jugendherberge im Sommer ein wenig Geld verdiente, lachte. „Aber sicher. Am Anfang ist das Gericht etwas gewöhnungsbedürftig, aber dann kannst du nicht genug davon kriegen." Ich verzog das Gesicht und verdrückte mich. Am Abend kochte ich gemeinsam mit Tom in unserer Hütte. Auf unserem abendlichen Spaziergang kamen wir in die Nähe der Jugendherberge. Dann, nur noch wenige Meter und wir rochen den entsetzlichen Gestank: vergorener Fisch, ekliger verfaulter Fisch, den man mit Kartoffeln, Zwiebeln und Knäckebrot „genießt", dazu Bier oder Milch. Ich konnte es nicht glauben. Dann öffnete einer der Gäste ein Fenster des Restaurants und nun wurde es richtig schlimm. Ich konnte nicht mehr durch die Nase atmen, musste mir durch den Mund Luft verschaffen und dann rannte ich nur noch. Nicht nur, um dem fürchterlichen Gestank zu entgehen, ich wollte auch keinesfalls einem der betrunkenen, grölenden Schweden begegnen, die es hier in Massen zu geben schien.

Aber auch wüste Dinge sind irgendwann einmal vorbei. Der Gestank verzog sich, die Betrunkenen mussten ihren Rausch ausschlafen, wir machten am nächsten Tag unsere letzte Wanderung, dann nahmen wir Abschied, Abschied von einer wundervollen Landschaft, von hohen Bergen und stillen Seen, von feuchten Moorlandschaften und Rentieren, vom „joik" der Sami und von den Menschen, die wir kennengelernt hatten. Wir fuhren über Gällivare mit dem Schnellzug zurück nach Falun und nach Vansbro. Diesmal ging die Fahrt schneller, ja, sie ging zu schnell. Gerade erst hatte ich oben auf dem Berg gesessen und vor mich hingeträumt und schon war der Alltag wieder da. Dies jedoch war ein Alltag, den ich mochte. Ich ging zu meinen Alten, der Schwedischunterricht begann erneut nach den Sommerferien. Ich konnte mit Smilla wieder in den Wald und mit Tom ins Moor. Auch hier in Vansbro war es still, anders still, aber schön war es auch hier.

September

Anfang September war es in Vansbro noch ungewöhnlich warm. Der „Dalälven", der Fluss, war aufgewärmt und so gingen wir ab und zu nach der Arbeit schwimmen. Besonders schön war es, in einem See zu schwimmen, einsam, ohne dass irgendjemand uns den Badesteg streitig machte. Auch das war eine ganz neue Erfahrung für mich. In Deutschland bin ich ungern ins Freibad gegangen und auch ein See konnte mich nicht unbedingt zum Baden verlocken. Aber hier in Schweden schwimme ich gern – wenn die Voraussetzungen stimmen.

Ich bin keine begeisterte Wasserratte. Wenn das Wasser zu kalt ist, wenn ein raues Lüftchen weht oder wenn zu viele Menschen da sind, habe ich keine Lust zum Baden. Hier jedoch fanden wir immer wieder neue einsame Stellen, an denen kein Mensch vorbeikam. Am Abend waren die Seen aufgewärmt, es war windstill und immer noch lange hell und wenn der letzte lange Sonnenstrahl auf den See fiel und ich im Wasser schwamm, dann gelang es mir, alles zu vergessen. Dass ich weit weg war von meinen Kindern, von meinen Freunden, dass ich hier keine Freunde hatte, dass mein Ferienjob bald enden würde. All das war wie weggewischt. Ich schloss die Augen, ließ die warmen Sonnenstrahlen auf mein Gesicht scheinen und versank in meinen Träumen.

Aber wenn wir dann wieder zuhause waren, dann kamen sie manchmal, die traurigen Gedanken.

Ja, mit Freunden ist das so eine Sache in Schweden. Wir kannten viele Menschen. Tom hatte Arbeitskollegen und -kolleginnen im Rathaus. Ich hatte Kontakte durchs Altersheim und durch den Sprachunterricht, der wieder angefangen hatte. Aber dies waren keine Freunde, mit denen wir uns spontan auf ein Bierchen verabreden konnten. All unsere Begegnungen mit Schweden waren oberflächlich. Man redete bei der Arbeit, auf der Straße, im Supermarkt oder auch mal an einem See, wenn denn doch mal einer vorbeikam, aber das war es auch schon. Die meisten Gespräche kamen zustande, wenn Smilla dabei war. Schweden sind große Hundeliebhaber und es fällt ihnen leicht, über ihren Hund zu reden, nicht jedoch über sich selbst.

Der Durchbruch kam, als wir Kalle trafen. Kalle ist ein Österreicher, der in der Nähe von Vansbro eine Jugendherberge leitet. Sie liegt etwas abgelegen von der Straße, eingebettet zwischen einem Golfplatz und einem See. Da wir uns oft die Gegend anschauten, sei es zu Fuß, mit dem Rad oder mit dem Auto, kamen wir auch an Kalles Oase vorbei. Die Jugendherberge besteht aus mehreren kleinen Häuschen für die Gäste und einem prächtigen gelben Herrenhaus mit Garten, in dem das Restaurant untergebracht ist. Früher war diese Anlage eine Hauswirtschaftschule gewesen. Heute ist „Snöå Bruk" eine sehr gut ausgebaute, moderne Jugendherberge mit freundlichen Gästezimmern und – einer sehr guten Küche. Tom und ich lieben es, morgens frühstücken zu gehen, und bisher fuhren wir wie gesagt manchmal über hundert Kilometer nach Falun, um eine Latte zu genießen. „Snöå" lag jedoch nur wenige Kilometer von uns entfernt. Das war die Entdeckung! Wir konnten uns am Wochenende spontan ins Auto setzen und, wenn wir Lust hatten, morgens zu Kalle frühstücken gehen. Das ging nicht immer, denn nur wenn er viele Gäste hatte, zauberte er ein Frühstücksbüffet. Aber im Sommer hatte Kalle immer viele Gäste.

Kalle ist ein Original. Er lebt schon seit dreißig Jahren in Schweden, hat in Schweden studiert, ist mit einer Schwedin verheiratet, hat als Lehrer gearbeitet und irgendwann ist er in Dalarna hängen geblieben. Wir haben mit ihm über unsere Probleme gesprochen, dass es so schwierig scheint, schwedische Freunde zu finden und sein Kommentar dazu war: „Es dauert mindestens sechs Jahre, bis man mit Schweden einen guten persönlichen Kontakt bekommt. Aber wenn man dann Freunde findet, dann hat man sie fürs Leben!"

Ok. Jetzt bin ich gerade mal ein halbes Jahr hier, das kann also noch dauern. Wie hieß das Wort wieder? „Tålamod". Hatte es kurzzeitig vergessen.

Kalle hatte meist nicht viel Zeit. Er managte die Küche, wenn seine Frau Yvonne nicht da war, auch die Rezeption, aber er hatte immer ein paar Minuten für ein Schwätzchen und es tat so gut, sich die Probleme vom Leib zu reden. Und ab und an wurden wir dann auch von ihm eingeladen. Kalle ist ein hervorragender Koch und er nahm sich sogar die Zeit, zuhause für uns zu kochen. Nun hatten wir also einen Freund gefunden, keinen Schweden zwar, dafür aber einen „eingeschwedischten" Österreicher, der uns lehrte, nicht allzu streng mit den Schweden umzugehen. An einen Ausspruch von Kalle erinnere ich mich immer wieder und zwar dann, wenn einer dieser aufdringlichen Telefon-verkäufer anruft und mir etwas andrehen will. Er meinte dazu: „Ich freue mich, wenn ein Telefonverkäufer anruft. Denn das ist eine der wenigen Gelegenheiten, wo ich so richtig die Sau rauslassen kann!"

Auf diese positive Seite wäre ich von selbst nicht ge-kommen. Aber Kalle hat völlig recht. In Schweden schreit man normalerweise nicht. Man ist freundlich und nett zueinander, auch wenn man sich nicht leiden kann. Ein grober Ausdruck von Nicht-Leiden-Können zeigt sich darin, dass man sein Gegenüber ignoriert und nicht mehr mit ihm redet. Aber anbrüllen oder gar Schimpfwörter benützen, das ist völlig tabu! Tut man es trotzdem, dann weiß der andere, jetzt hat er die Grenze überschritten, und zieht sich zurück. Muss ich auch mal ausprobieren.

Ab Mitte September zeigten sich morgens die ersten Herbstnebel im Moor. Die Sonne versuchte sie zu durchdringen, riesige Spinnweben hingen an den Bäumen.

Wir gingen regelmäßig mit Smilla spazieren und besonders schön waren die morgendlichen stillen Waldwege in Vansbro, weich gepolstert, man hörte kaum, dass wir uns bewegten. Die Preiselbeeren wurden reif, wir pflückten sie wie alle hier mit einem Kamm und froren die köstlichen Beeren ein, die sehr gut zu Wild passen. Ich hatte wieder viel Zeit. Meine Arbeit im Altersheim war vorüber. Die fest angestellten Mitarbeiter waren alle aus dem Urlaub zurück und man brauchte mich nicht mehr. Ich war nicht richtig traurig darüber, denn im Grunde wollte ich ja etwas ganz anderes arbeiten. Die Arbeit hatte Spaß gemacht, ich hatte viel gelernt, aber eine Lebensstellung war dies nicht für mich. Ich merkte, dass mich Bücher – trotz aller Versuche – doch nicht so einfach losließen. Wenn ich Zeit hatte, ging ich in die Bibliothek in Vansbro und konnte Stunden zwischen den Regalen verbringen. Mein Schwedisch wurde besser und allmählich wagte ich mich auch schon an dünne Romane. Manchmal fuhr ich auch in die Landesbibliothek nach Falun und verbrachte dort ganze Nachmittage in der Zeitschriftenabteilung. Ich finde es äußerst spannend zu sehen, welche Zeitschriften in einem fremden Land erscheinen. Besonders faszinierend finde ich Kulturzeitschriften wie „Opsis Kalopsis", eine Zeitschrift über Kinderkultur, oder eine grenzüberschreitende Zeitschrift wie „Norden", in der auch Artikel über Finnland, Norwegen oder Island erscheinen. Mich ließ die Literatur einfach nicht los, ich war machtlos dagegen. Und so beschloss ich, die Buchmesse in Göteborg zu besuchen. Sie findet regelmäßig einmal im Jahr Ende September statt. Bisher kannte ich die Buchmesse in Frankfurt, für die ich während meiner Arbeit in verschiedenen Verlagen in Deutschland als Betreuerin zuständig gewesen war. Ich organisierte damals den Messestand, traf die Buchauswahl und betreute während der Messe mit Kollegen den Stand. Jetzt aber sollte ich wieder als Besucherin auf eine Buchmesse gehen

und zwar auf eine, die ich noch gar nicht kannte.
Spannend!

Ich war gerade wieder arbeitslos, also suchte ich mir die billigste Variante für die Reise nach Göteborg und die heißt „Swebus". Mit dem „Swebus" kann man recht preiswert durch ganz Schweden und auch ins Ausland fahren. Die Fahrt ging mittags um ein Uhr in Falun los, acht Stunden später kam ich am Abend völlig steif und mit plattgedrücktem Hintern in Göteborg an. Ich hatte ein Bett in einer Jugendherberge gebucht, war froh, als ich dort ankam, und fiel hundemüde ins Bett.

In Schweden ist es üblich, dass auch Erwachsene in der Jugendherberge übernachten. Ich war bisher schon in vielen, oft sehr schön ausgestatteten Jugendherbergen. Dort trifft man die unterschiedlichsten Menschen und das finde ich so interessant: Vertreter, die mit ihren Laptops am Frühstückstisch sitzen, ältere Leute, die wandern oder sich die Stadt anschauen möchten, oder Familien mit Kindern. Und natürlich viele junge Leute. Alle Generationen sind vertreten und das ist es, was ich so sehr an Jugendherbergen mag. Auf die nächtlichen Störungen, wenn die eine oder andere erst am frühen Morgen ins Zimmer kommt, wenn ein Handy piepst oder auf das Schnarchen und Schnorcheln der Mitschläferinnen könnte ich gut verzichten. Aber die Begegnungen in der Jugendherberge sind bisher immer ausgesprochen positiv verlaufen. Ich habe sehr viele nette Menschen kennengelernt.

Die Nacht verlief passabel und am nächsten Morgen ging es los, mit der Straßenbahn über den Berg zum Messegelände. Die Messe ist in den ersten Tagen für Fachbesucher, später auch für das allgemeine Publikum geöffnet. Ich hatte eine Fachbesucherkarte ergattert, alte Beziehungen aus Deutschland hatten es möglich gemacht. Ich kam also als Fachbesucherin hinein und konnte mich in aller Ruhe umsehen. In der unteren Halle waren hauptsächlich schwedische Verlage vertreten, auch ausländische, aber die in geringem Umfang. Im oberen Stock sind die Seminarräume untergebracht. Und dies war es, was mich so sehr faszinierte. Auf der Frankfurter Buchmesse geht es sehr anonym zu. Sie ist riesengroß und unübersichtlich. Man braucht manchmal eine halbe Stunde, um von einem Ort zum anderen zu gelangen und ist oft von der Masse an Büchern und Menschen völlig erschlagen. Hier ging es so richtig gemütlich zu, schwedisch eben. Die Messestände sind überschaubar und dann geht es nicht nur darum, dass man Bücher an den Ständen anschaut. Nein, wichtig sind auch die verschiedenen Seminare, die angeboten werden und von den Besuchern eifrig genutzt werden. Man kann seinem Lieblingsautor lauschen, einer Debatte zwischen verschiedenen Autoren oder Verlagen zuhören, trifft ausländische Autoren, es gibt politische Auftritte. Für jeden Geschmack ist etwas dabei. Diese Buch- und Autorenpräsentation fasziniert mich noch heute, denn es ist eine sehr viel lebendigere Art, Literatur an den Konsumenten zu bringen. In Frankfurt ist der Abstand zu den Autoren sehr sichtbar, das Elitedenken ist offensichtlich, in Göteborg kann man Literatur hautnah erleben. Ich verbrachte den ersten Tag vor allem in Seminaren und war am Abend natürlich völlig erschlagen. So viel Schwedisch und Englisch vertrug mein Hirn nur in Maßen. Den nächsten Tag ging ich etwas langsamer an. Ich besuchte Messestände, vergaß die „fika" nicht, ging ab und an in ein Seminar und traf sogar Verleger. Ich wagte es, an die Messestände zu gehen, nach dem Chef zu fragen und mich mit ihm zu unterhalten. So war ich bei Bonniers, dem größten Medienkonzern in Schweden, und sprach mit dem Verlagschef für Kinderbücher; ich war bei kleineren Kinderbuchverlagen, versuchte zu erklären, wer ich bin, was ich kann, und wurde immer freundlich aufgenommen. Man nahm sich Zeit für mich. Das heißt nicht, dass dies später zu einer Arbeitsstelle führte, aber Ergebnis war doch, dass ich Gutachten schreiben konnte, Gutachten über deutsche Kinderbücher, die vielleicht einmal in Schweden veröffentlicht werden sollten.

Vier Tage war ich in Göteborg. Tagsüber besuchte ich die Messe, aber am Abend hatte ich Zeit, mir die Stadt anzuschauen. Was für eine lebendige Stadt! Das Viertel, in dem ich wohnte, war voll von kleinen Kneipen, alternativen Kinos und ausländischen Läden, die oft bis Mitternacht geöffnet hatten. Ich streifte durch die Straßen, ging ins Kino und fühlte mich in die Zeit Ende der siebziger Jahre in Deutschland versetzt. Urige Cafés mit bunten Stühlen, Musik, die sogar ich noch von früher kannte, schallte aus den Lautsprechern, dazu vegetarisches Essen. Ich genoss diese vertraute Atmosphäre und konnte mir sehr gut vorstellen, in Göteborg zu wohnen. Später, als mir wieder einmal jemand bestätigte, dass es im Winter oft monatelang nur regnet, dass es nasskalt ist und der Wind von der Seite heranfegt, überlegte ich mir das noch mal. Da sind mir die weißen kalten Winter in Dalarna doch lieber.

In der Jugendherberge, in der ich in Göteborg übernachtete, gibt es eine Sauna. Welch ein Luxus! Und den wollte ich mir gönnen. Man muss sich dafür anmelden, muss die Sauna quasi mieten und kann sie dann alleine oder als Gruppe benutzen. Ich meldete mich für einen Abend an und genoss die wohlige Wärme nach einem anstrengenden Tag unter vielen Menschen und Büchern. Ganz alleine saß ich auf den warmen Brettern, der Schweiß floss in Strömen, ich dachte an meine Zukunft und mir wurde klar: Ich möchte auch weiterhin mit Büchern arbeiten, auch in Schweden, obwohl ich des Schwedischen nicht hundertprozentig mächtig bin. Ich liebe Bücher, ich lese gerne, schreibe gerne, verkaufe gerne, ich möchte mit dem Medium umgehen, mit dem ich mich am besten auskenne, das mir vertraut ist. Bücher – mein Leben.

Aber es sollte noch sehr lange dauern, bis es wirklich so weit war!

Zuerst einmal ging es mit dem Bus wieder zurück nach Vansbro. Es war mittlerweile Ende September, ich hatte Kontakte mit Verlegern geknüpft, schrieb ihnen in meinem besten Schwedisch Emails, bedankte mich für die netten Treffen, schickte meinen Lebenslauf. Ich hoffte auf Rückmeldung und die Zeit des Wartens wollte ich gerne überbrücken, überbrücken mit dem Schönsten … Ich wollte meine kleine Tochter wiedersehen.

Greta ging damals in den Kindergarten, es war also kein Problem, sie herauszunehmen, damit sie ein paar Tage bei mir in Schweden verbringen konnte. Ich redete mit ihrem Vater, sprach mit ihr und so beschlossen wir, dass sie alleine mit dem Flugzeug nach Stockholm fliegen sollte. Ich würde sie dort abholen und gemeinsam würden wir mit dem Zug nach Vansbro fahren. Alles klappte. Greta war bereit zu fliegen. Das Ticket und die Kinderbetreuung waren bestellt. Bisher war Greta einmal geflogen, damals jedoch gemeinsam mit mir, als wir Tom in Dalarna besucht hatten. Ich glaube, ich war aufgeregter als sie, ich konnte mir nicht vorstellen, wie es ein kleines Mädchen von fünf Jahren verkraften würde, zwei Stunden lang von wildfremden Menschen in einer ungewohnten Umgebung betreut zu werden. Schließlich kam Greta in Arlanda an, weder verängstigt noch eingeschüchtert, sondern verärgert. „Mama", sagte sie zu mir. „Mama, die können nicht mal deutsch reden!"

Greta war mit der SAS geflogen und ich war im Glauben gewesen, wenn man zwischen Deutschland und Schweden hin- und herfliegt, ist es selbstverständlich, dass die Stewardessen Deutsch beherrschen, vor allem dann, wenn die Fluggesellschaft Kinderbetreuung anbietet, die nicht gerade preiswert ist. Aber weit gefehlt. Die Stewardessen konnten Schwedisch und Englisch, aber kein Deutsch. Greta war nicht nur ärgerlich, sie war richtig stinkig. „Ich fliege nie mehr!", war einer der ersten Sätze, die sie mir entgegenschleuderte. „Gut, dann bleibst du hier, soll ich mit deinem Papa reden?" „Ja!" Langsam beruhigte sie sich wieder. Wir hatten noch ein wenig Zeit, bis unser Zug fuhr, und so schauten wir uns ein wenig im Flughafen um. Greta versteckte sich hinter Rentierfellen und blau-gelben Schwedentrachten, sie fand die kleinen Trolle süß, die eigentlich aus Norwegen stammen, und beschloss, dass ich ihr einen Schlüssel-anhänger mit Elchen kaufen sollte. Als Kompensation sozusagen. Sie hatte ja so sehr leiden müssen. Ich hatte ein Einsehen, zückte meinen Geldbeutel und so hatte sie ihr erstes Beweismittel, mit dem sie im Kindergarten zeigen konnte, dass sie in Schweden gewesen war. Der Zug kam und mit ihm eine der schrecklichsten Reisen, die ich je erlebt habe. Ich liebe das Zugfahren in Schweden – wirklich. Besonders die Strecke von Stockholm nach Dalarna ist sehr reizvoll. Hinter jeder Biegung taucht ein neuer See auf. Aber diese Zugfahrt war der reinste Horror. Denn es gab keine Toiletten, die man benutzen konnte. Alle Toiletten waren abgeschlossen. Greta musste als Erste.

„Mama, ich muss mal!"

„Komm, ich gehe mit dir und zeige dir, wie die Spülung funktioniert", sagte ich gutgläubig. Die erste Toilettentür war verschlossen. Dann also in den nächsten Waggon, zweiter Versuch. Auch diese Tür war abgeschlossen. Bis jetzt hatte ich immer noch Geduld, ein klein wenig hatte ich ja in den letzten Monaten geübt. Der dritte Waggon und der dritte Versuch. „Stängt" – geschlossen. Jetzt platzte mir der Kragen, denn Greta war schon ganz blass. „Mama, ich muss, ganz dringend!" Kann es denn sein, dass es in dem ganzen verdammten Zug keine funktionierende Toilette gibt?

„Setz dich hierhin, ich suche einen Schaffner!" Greta konnte nicht mehr laufen, sie setzte sich auf den nächsten freien Platz. Mit energischen Schritten wankte ich den schaukelnden Zug entlang, bis ich endlich einen der Schaffner erwischte. Und dieser Mensch hatte nichts anderes zu sagen als: „Keine der Toiletten funktioniert" – „jag är ledsen" – „es tut mir leid." Er setzte ein freundliches Lächeln auf, machte einen Schritt nach hinten und versuchte sich zu verdrücken. Verringert sich die Scheiße, wenn keiner der Fahrgäste aufs Klo kann? War das wirklich möglich? Sind kollektiv zu ertragende Missstände besser zu ertragen? Bei der vierstündigen Zugfahrt von Arlanda nach Vansbro funktionierte also keine einzige Toilette. Ich packte ihn am Ärmel, eine Untat ohnegleichen in Schweden. „Und nun", fragte ich ihn, „soll meine Tochter nun auf die Gleise pinkeln?" Mein Gesicht war zornesrot. Der Schaffner zuckte mit den Achseln, drehte sich um und lief davon. Ich war völlig paff angesichts dieser Frechheit und vor lauter Wut fiel mir kein einziges schwedisches Schimpfwort ein. Es ist merkwürdig, aber richtig wütend sein und fluchen kann ich nur in meiner Muttersprache. Ich schleuderte ihm ein paar deutsche Schimpfwörter hinterher, die er gekonnt ignorierte, und lief schnell zu Greta zurück. Die Ärmste! Mit zusammengepressten Beinen schaute sie mich hoffnungsvoll an, als sie mich kommen sah. Aber als ich ihr versuchte zu erklären, dass es wirklich keine Toilette gab, da redete sie kein Wort mehr, hielt die Arme um den Bauch geschlungen und fing an zu wimmern. „Gut, Greta. Beim nächsten Stopp gehen wir raus und du pinkelst auf die Schienen!" „Nein, mach ich nicht!" Greta schüttelte verzweifelt den Kopf. Aber sie hatte keine Wahl. Nach fünf Minuten hielt der Zug in einem kleinen Kaff, wir sprangen aus der Tür, ich rief dem Schaffner zu, dass er Gott verdammt noch mal warten müsse, und Greta verschwand hinter dem einzigen Busch, den es an den

Gleisen gab. Nach dieser Tortur saßen wir völlig gelähmt auf unseren Sitzen. Ich schaute mich um und fragte die anderen Fahrgäste, ob ihnen schon aufgefallen wäre, dass die Toiletten kaputt seien. „Das kommt öfter mal vor", war die beruhigende Antwort eines Mannes. Ist es wirklich so, dass sich die Schweden alles gefallen lassen, dass sie all dies so einfach hinnehmen, ohne sich zu wehren, ohne Rabatz zu machen? Ich konnte und wollte das nicht glauben. Aber auch später musste ich einsehen, dass die Schweden im Allgemeinen ein hohes Toleranzpotenzial haben. Oder vielleicht besser ausgedrückt Ignoranz-potenzial. Ich habe auf alle Fälle nach der Zugfahrt eine Beschwerde bei der SJ, der schwedischen Bahn, eingereicht und diese hat mir freundlicherweise einen Gutschein von umgerechnet zehn Euro zukommen lassen. Nachdem ich diese Form der Entschuldigung nicht akzeptiert und eine nochmalige Beschwerde eingereicht hatte, bekam ich den Fahrpreis zurückerstattet. Puhhh! Nicht nur Geduld ist in Schweden angesagt, auch Hartnäckigkeit führt zum Erfolg.

Welch ein Beginn von Gretas Reise nach Schweden. Zuerst konnte sie sich nur in Zeichensprache mit den Stewardessen unterhalten, dann bekam sie Bauchkrämpfe und musste schwedisches Unkraut bewässern, weil keine Toilette funktionierte. Wie würde das weitergehen?

Oktober

Es ging erst einmal schön weiter. Da Tom arbeiten musste, hatten Greta und ich viel Zeit füreinander. Wir kuschelten morgens lange im Bett, ich las ihr vor oder erzählte ihr Geschichten, sie setzte sie fort. Wir frühstückten gemütlich mit Smilla, die von Greta ab und an einen kleinen Leckerbissen bekam. Knäckebrot mit Butter liebt sie am meisten. Und dann zogen wir los. Zuerst gingen wir mit Smilla in den Wald, von dort aus in die Stadt, wo uns der Geruch der einzigen Bäckerei im Umkreis von hundert Kilometern das Wasser im Mund zusammenlaufen ließ. Mit Bäckereien ist Schweden nicht gerade üppig ausgestattet. Meist kauft man sein Brot im Supermarkt, manchmal backen die Supermärkte sogar eigenes Brot und Brötchen. Aber mit deutscher Vielfalt hat dies nichts zu tun. Wenn ich nur an die vielen verschiedenen deutschen Brotsorten denke, die Vollkornbrötchen, Croissants mit oder ohne Schokolade oder gar an Brezeln! Nein, ich war schon glücklich, wenn ich mal ein Ciabatta oder ein Mohnbrötchen im ICA ergattern konnte. Aber jetzt duftete es verführerisch aus der Bäckerei und Greta zog mich hinein. Leider wurden wir enttäuscht, beziehungsweise ich wurde enttäuscht. Greta stand staunend vor den weichen, knautschigen Broten, die zuhauf in den Regalen lagen. Zähe, weiche Brötchen, deren Inhalt man sicher gut als Hühnerfutter benutzen konnte, wenn man den Bauern ärgern wollte. Sie nahm eines aus dem Regal und steckte ihren Finger hinein. „Greta, was tust du da?" Ich war entsetzt. „Ich wollte nur mal schauen, ob ich am anderen Ende wieder herauskomme!", meinte sie. Und es gelang ihr. „Das will ich, Mama", meinte sie freudestrahlend zu mir. „Endlich mal keine harten Vollkornbrötchen, an denen ich mir die Zähne ausbeißen muss." Die Verkäuferin lächelte freundlich und packte das schrumpelige Etwas in eine Tüte. Kaum waren wir draußen, entriss Greta mir die

Tüte und stürzte sich heißhungrig auf das frischgebackene Knautschbrötchen. „Lecker, Mama! Warum backen unsere Bäcker keine solchen Brötchen?" „Weil sie das Backen gelernt haben", meinte ich und zog Greta weiter. Wir kamen zum Spielplatz oder besser gesagt zu einem Sandkasten mit Schaukeln und Elchen, auf denen man reiten konnte. In Schweden stellt man zum Reiten keine Holzpferde auf dem Spielplatz auf, hier reitet man auf Elchen. Greta sprang sofort auf die Elche zu. Das war etwas Neues. Mit ihren fünf Jahren und den langen Beinen war sie eigentlich schon zu groß für die kleinen Holzelche. Und da passierte es auch schon. Greta setzte sich auf einen der Elche, sie schaukelte, schaukelte immer heftiger, hastiger, sie winkte mir mit einer Hand zu und schon lag sie auf der Nase. Passiert war nichts, aber jetzt hatte sie keine Lust mehr, zu nichts. „Scheiß Elche", rief sie wütend, packte Smilla an der Leine und lief nach Hause. Es war schön mit ihr. Ich genoss es in vollen Zügen, mit ihr zusammen zu sein. Wir backten Blaubeerkuchen, malten Fensterbilder und schauten uns gemeinsam Kinderfilme an. Wir gingen mit Smilla in den Wald und Greta versuchte ihr beizubringen, wie man auf einer Holzwippe wippt. Das gelang ihr nicht so gut. An einem Abend schlief Greta sogar mit Smilla im Hundebett. Eingekuschelt in eine dicke Decke schmiegte sich Greta eng an Smilla und die beiden ratzten um die Wette. Die Tage vergingen wie im Flug. An Gretas letztem Ferientag waren wir wie immer draußen im Wald. Greta führte Smilla an der Leine. Wir liefen und redeten und liefen … Dann raschelte es, eine winzige Katze blitzte uns mit ihren grünen Augen frech an. Ein Ruck, Smilla riss sich los und lief der kleinen Katze hinterher. „Smilla, Smilla, hierher!" Wir riefen, wir schrien, wir rannten hinterher, aber Smilla und die kleine Katze waren schneller. Wir hatten keine Chance. Völlig außer Atem legten wir uns ins Gras, verschnauften und Greta liefen die

Tränen herunter. „Das wollte ich nicht, Mama. Sie war so schnell!" „Ich weiß, meine Kleine. Du kannst nichts dafür. Smilla jagt gerne, sie würde jedem Elch, jedem Rentier, vielleicht sogar einem Bären hinterherlaufen." „Und was machen wir jetzt? Smilla ist doch angeleint. Sie kann an den Sträuchern hängen bleiben und sich erwürgen." Greta schluchzte immer heftiger. „Ich werde sie suchen, Greta. Du bleibst hier und wartest an diesem Baum auf mich und ich versuche, sie zu finden." Greta nickte. „Bleib hier sitzen, rühr dich nicht von der Stelle!" Ich war ziemlich lange unterwegs, konnte jedoch nichts ausmachen. Smilla war wie vom Erdboden verschwunden. Als ich zurücklief, fand ich meine Tochter erschöpft schlafend im Gras. Ich streichelte ihre Wange. Sie wachte auf. „Und?", fragte sie hoffnungsvoll. Ich schüttelte den Kopf. „Nichts, ich habe sie nicht gefunden." Traurig machten wir uns auf den Heimweg. Zuhause warteten wir neben dem Telefon. Smilla hatte ihre Hundemarke um den Hals hängen und darauf stand auch unsere Telefonnummer. Aber niemand rief an. „Was passiert, wenn sie mit ihrer Leine an einem Strauch hängen bleibt und vor Angst zieht und zieht ...?" „Nichts wird passieren, Smilla ist klug. Sie wird sicher zurückfinden." Wir warteten und warteten, nichts geschah. Da, ein Anruf! Aber es war nur der Schornsteinfeger. Tom kam von der Arbeit nach Hause. Auch er war sehr besorgt, denn bisher war Smilla noch nie weggelaufen. „Ich rufe besser die Polizei an. Smilla sieht aus wie ein Wolf. Es ist besser, die wissen Bescheid, dass ein Hund frei im Wald herumläuft!" Als Greta dies hörte, war sie völlig am Ende. „Vielleicht wird sie erschossen, weil jemand denkt, sie wäre ein Wolf!" Das war zu viel für meine Kleine. Sie vergrub sich in ihrem Bett, die Decke über dem Kopf, sie weinte und murmelte Worte vor sich hin, die sich anhörten wie: „Lieber Gott, mach, dass Smilla wieder zurückfindet. Lieber Gott ..." Es wurde ein langer Abend. Doch dann kam endlich der erlösende Anruf. Ein Mann aus Vansbro hatte Smilla auf seinem Grundstück entdeckt, als sie dem Haushund einen Knochen klauen wollte und die beiden sich lautstark um ihn stritten. „Greta, komm schnell, Smilla ist wieder da!" Greta sprang aus dem Bett, wir rannten zum Auto und Tom fuhr so schnell wie schon lange nicht mehr zu Lasses „gård". Smilla freute sich, uns wiederzusehen, aber ein schlechtes Gewissen schien sie trotzdem zu haben. Denn als sie Greta sah, überließ sie ihren hart erkämpften Knochen sogar Lasses Hund. „Verfressenes Biest!", zischte ich ihr zu und umarmte sie. „Aber Mama, das sagt man nicht. Sie versteht das sicher." „Das hoffe ich", meinte ich zu Greta. Meine Tochter umarmte und küsste ihren Hund, sogar auf die Nase, und war nur noch glücklich.

Ein letzter aufregender Abend, Smilla durfte ausnahmsweise mit Greta zuammen im Bett schlafen und am nächsten Tag brachte ich sie mit dem Zug nach Arlanda zum Flugzeug. Schwer war der Abschied, aber in den Weihnachtsferien würde sie wiederkommen. Ich übergab Greta an die Stewardess, die kein Deutsch konnte, winkte noch einmal und dann war meine Kleine in der Menge verschwunden. Die Zugfahrt zurück nach Dalarna verlief ruhiger. Die Toiletten waren offen und sauber, die Seen glitzerten in der Sonne. Es war Anfang Oktober, die Herbstfarben leuchteten. Aber ich hätte viel lieber Regenwetter und geschlossene Toiletten in Kauf genommen, wenn nur Greta bei mir gewesen wäre.

Ich musste mich wieder um eine Arbeit kümmern. Das Arbeitsamt fand keine Stelle für mich, aber da kam ein Anruf von Mats, Mats, der Eigentümer der Sägeblatt- und Seilwindenfirma, der Mats, der im Sommer so lange Werkferien machte. Er bräuchte jemanden im Büro. Ich besuchte ihn noch einmal, er fragte mich, ob ich die Post verteilen, das Telefon bedienen, ob ich eventuell auch in der Buchhaltung helfen könne. Sicher konnte ich das! Ich hätte alles versprochen, auch das Unmögliche. Aber das hier konnte ja nicht so schwierig sein. Ich bekam einen Vertrag über eine dreiviertel Stelle und begann Mitte Oktober bei ihm zu arbeiten. Drei Kolleginnen und Kollegen saßen mit mir im Büro. Stella, eine ältere Frau, die die Buchhaltung machte, Kerstin, die halbtags da war und für die ich ab und an einspringen sollte, und Sven, der Buchhaltungschef. Die Arbeit fiel mir leicht. Ich bediente gerne das Telefon, obwohl es nicht ganz einfach war, den Dialekt zu verstehen. Doch nach meinen Nachfragen redeten die meisten langsamer und deutlicher. Nur eines konnte ich nicht ausstehen. Es gab sehr viele Anrufer, die ihren Namen nicht nannten. Eine Unart, die ich nicht leiden kann. Ich bat sie dann immer, langsam und deutlich ihren Namen zu nennen, dann kam er meist, unwillig, aber er kam. Als ob es eine Unverschämtheit sei, wissen zu wollen, wer anrief. Stella war sehr nett, auch Sven war immer freundlich und beantwortete all meine Fragen mit einer Engelsgeduld. Nur bei Kerstin hatte ich den Eindruck, dass sie mich nicht mochte. War ich eine Konkurrentin für sie? Aber das war mir egal. Ich ging dreieinhalb Tage in der Woche arbeiten, bekam einen halben Tag frei, um den Schwedischkurs fortzusetzen, bezahlt natürlich, und freitags hatte ich immer frei. Was will man mehr?

Auch in dieser Firma war die „fika" die wichtigste Zeit der Arbeit. Pünktlich um halb zehn Uhr morgens und um halb drei nachmittags wurde ich zur Pause gerufen. Wenn ich etwas fertig machen wollte, hieß es nur: „Das hat Zeit bis nachher." Ich solle sofort kommen. Und es war auch wichtig, dabei zu sein. Denn hier wurde das aktuelle tagespolitische Geschehen diskutiert. Ich erfuhr, wer gestorben war, wer sich getrennt hatte; wir diskutierten über einen Mord, der im Nachbardorf geschehen war, und ich erfuhr, wo es die besten Sandstrände in der Nähe von

Vansbro gab. Das war zwar im Moment unwichtig, es war ja Herbst, aber ich merkte, dass ich nun dazugehörte, und freute mich. Fremden erzählt man nicht, wo sich die besten Badestellen befinden. Die will man für sich behalten. Aber einer Deutschen, die eingewandert ist, der kann man dieses Geheimnis preisgeben.

Ab und an gab es auch Geburtstagsfeiern, die mit Torte und Kaffee gefeiert wurden. Die Abteilung wurde eingeladen, die „fika" verlängert und hier entdeckte ich, wie einfallslos die schwedische Backkunst ist, was Torten betrifft. Drei Geburtstage erlebte ich in dieser kleinen Firma und bei jeder der Feiern gab es „Prinsesstårta", eine Torte, die aus viel Creme und einer grünen Marzipanhülle mit Blumenhäubchen besteht. Sie schmeckt nicht schlecht, aber verglichen mit einer SchwarzwälderKirsch-, einer Sacher- oder einer Käsesahnetorte hat die „Prinsesstårta" keine Chance. Und warum sie immer mit derselben Torte ankamen, obwohl es sicher noch drei andere Tortensorten in der Bäckerei Vansbros gab, das konnte mir keiner erklären. Vielleicht damit niemand den anderen mit einer „besseren", weil teureren Torte übertrumpfte? Vielleicht hat diese merkwürdige Verhaltensweise mit dem „jantelagen" zu tun, dem Gesetz, dass man sich nicht herausstellt, dass man nicht denken soll, man sei etwas Besseres. Ich weiß es bis heute nicht, weiß nur, dass mir die deutsche Backkunst in Schweden sehr fehlt. Diese Qual könnte man ja eigentlich vermindern, indem man sich in die Küche stellt und selber bäckt. Aber so bin ich leider nicht gestrickt, ich lese immer noch lieber ein Buch. Also darf ich mich auch nicht beschweren. Vor allem auch deshalb nicht, weil es sich hier um ein Phänomen handelt, das nur Brot- und Tortensorten betrifft. Wenn man die kleinen, netten, süßen Teilchen betrachtet, die die Schweden zur Kaffeepause bereitstellen, dann kann man über die Vielfalt nur staunen. Da gibt es Zimtschnecken in allen Variationen, Joghurttäschchen und Sara Bernard, kleine Punschrollen und Froschmäuler, alles, was das Herz begehrt. Nur begehrt meines ab und an ein deutsches Vollkornbrot und eine Sachertorte.

Egal, ich hatte einen Job, hatte freitags frei, konnte mein Schwedisch im Sprachunterricht trainieren und ab und zu wurden wir während der Arbeit massiert. Das war fantastisch! Solch einen Luxus kannte ich von Deutschland nun gar nicht. Dort war die Arbeitszeit strikt festgelegt. Wir hatten eine Stempeluhr im Verlag, ein- und ausstempeln, wenn man kam und ging. Es gab keine gemeinsame Kaffeepause, der Kaffee wurde, wenn überhaupt, am Arbeitsplatz getrunken. Hier in Schweden läuft alles etwas lockerer ab. Es gab keine Stempeluhr. Wir fingen um acht Uhr morgens an, und wenn es fünf Minuten später wurde, sagte keiner ein Wort. Wir machten unsere bezahlten Pausen, ich habe sogar erlebt, dass eine Frau um vierzehn Uhr zum Friseur ging und keinem kam das komisch vor – nur mir. Und nun dies: Wir durften uns auf einer Liste eintragen und wurden auf Geschäftskosten und das während der Arbeitszeit massiert. Unfassbar! Der Masseur kam einmal in der Woche. Als ich an der Reihe war, legte ich mich auf die Massagebank und ... genoss. Nein, zuerst konnte ich Olles Massagekunst nicht so recht genießen, denn er war sehr neugierig. Eine Deutsche, die freiwillig nach Vansbro zieht? Das konnte er wohl nicht begreifen. Es gäbe doch so schöne Biergärten in Deutschland, so viele Biersorten und Alkohol könne man überall kaufen. Er ließ nicht locker, versuchte mich auszufragen. Bis ich es dann endlich wagte zu sagen, dass ich die Massage besser genießen könne, wenn er die Klappe halten würde. Nein, ich sagte es nicht ganz so barsch. In Schweden tut man das nicht. Aber ich drückte mich wohl so aus, dass er mich verstand. Beim nächsten Besuch lief es schon sehr viel besser für mich. Nach einer Eingangsfrage, die ich halbherzig beantwortete, war er eine halbe Stunde lang still. Welch ein Genuss! Während dort oben das Telefon klingelte, während meine Kollegin die Buchhaltungszahlen eintippte, durfte ich dahinschmelzen, träumen, genießen ... und das alles während der Arbeitszeit.

Meiner Meinung nach läuft das Arbeitsleben in Schweden wesentlich ruhiger als in Deutschland ab und ich habe nie verstanden, dass die Menschen hier trotzdem über Stress klagen. Vielleicht hat sich das Arbeitstempo tatsächlich im Laufe der Jahre erhöht. Vielleicht ging es früher wesentlich gemütlicher zu. Ich konnte jedoch keinerlei Andeutungen von Arbeitsüberbelastung erkennen. Niemand sagte zu mir: Diese Zahlen brauche ich bis heute Abend. Keiner übte Druck aus, ich wusste, was ich zu tun hatte, und hatte auch zu tun, aber nie arbeitete ich in Hektik. Vielleicht läuft es in schwedischen Großstädten etwas anders ab als hier auf dem Land. Aber wie gesagt, ich habe beim Arbeiten nie Stress empfunden, auch später nicht, als ich in einem Verlag als Redakteurin arbeitete.

Die Tage wurden kürzer, trotzdem war das Wetter immer noch sehr schön. Die bunten Blätter leuchteten. Am Wochenende wanderten Tom und ich gemeinsam mit Smilla in den Bergen bei Sälen und Idre. Ungefähr zwei Stunden von uns entfernt Richtung Norwegen war das nächstgelegene Skigebiet. Und dort erlebte ich auch meinen ersten Schnee in diesem Herbst. Ende Oktober fielen die ersten zarten Schneeflöckchen, der Wind wurde kühl, wir mussten unsere Winterjacken anziehen, Stirnband und Handschuhe herauskramen. Smilla schien sich sehr wohlzufühlen. Sie sprang und hüpfte vor Freude, warf sich in den ersten Schnee, wälzte sich darin herum und war kaum davon wegzubekommen. Ich fand es auch schön, trotzdem ging mir das alles etwas zu schnell. Oktober – und jetzt schon Schnee! Und das würde ein halbes Jahr so bleiben. War es nicht so, dass es Anfang Mai das letzte Mal geschneit hatte? Das Leben ging seinen gewohnten Gang: Arbeit, Schwedisch lernen, mit Smilla unterwegs sein, am Wochenende raus in die Natur, fotografieren … Ich gewöhnte mich langsam, ganz langsam daran, dass es Winter werden sollte. Das Moor begann zuzufrieren, wir aßen Moltebeeren, die mir schmeckten, wenn ich sie direkt aus dem Moor aß, nicht jedoch, wenn sie mit Wild warm serviert wurden. Wir versuchten, Pilze zu sammeln, aber unsere Kenntnisse reichten leider nicht aus und so ließen wir es wieder sein. Die Blätter fielen, die Birken wurden kahl, wir konnten unsere Nachbarn wieder sehen, wenn wir in der Küche saßen. Am Nachmittag schalteten wir das Licht ein. Es wurde Winter in Dalarna.

Und mir fiel eine Zahnfüllung aus dem Mund! Bisher hatte ich noch nie einen Arzt in Schweden benötigt. Gott sei Dank! Denn ich hatte schon viel Seltsames über die Schweden und ihr Gesundheitssystem gelesen. Jetzt traf es mich also persönlich. Ich telefonierte mit der „tandvård“, der staatlichen Stelle, an die man sich wendet, wenn man Zahnschmerzen hat. Zuerst befand ich mich in der Warteschleife, meine alte Amalgamfüllung hielt ich in der Hand. Ich stellte das Telefon lauter, Nummer fünfundzwanzig in der Warteschleife. Das konnte also dauern. Schmerzen hatte ich keine, aber ein unangenehmes Gefühl im Mund, es schmeckte nach Amalgam, meine Zunge strich über die hohle Stelle. Da fehlte einfach was. Die Zeit verging, ich arbeitete mich vor, nach zehn Minuten war ich die Nummer zwölf in der Schleife. Eigentlich sollte ich zur Arbeit, aber was macht man, wenn man nicht drankommt? Das, was alle machen. Man wartet weiter, der Arbeitgeber versteht das sicher. Tut er auch, machen alle so!

Weitere fünfzehn Minuten, dann hörte ich eine menschliche Stimme, der ich mein Anliegen vorbringen konnte. Als deutsche Staatsbürgerin erwartete ich, sofort einen Termin zu bekommen und gleich losradeln zu können, dann wäre die Sache innerhalb einer Stunde erledigt. Aber Erwartung und Realität liegen manchmal weit auseinander. Die freundliche Sprechstundenhilfe meinte: „Der nächste freie Termin ist im Mai nächsten Jahres!" Hatte ich mich verhört? Ich fragte nach. Nein, hatte ich nicht. Völlig perplex legte ich auf. Das konnte doch nicht wahr sein! Mit meiner Füllung in der Hand saß ich erschüttert auf dem Küchenstuhl. Nach fünf Minuten erinnerte ich mich daran, dass ich eigentlich arbeiten sollte. Ich zog mich an, holte mein Fahrrad aus der Garage und fuhr los. Angekommen in der kleinen Sägeblattfabrik klagte ich sofort Stella mein Leid. Sie hatte Mitleid, Verständnis und einen guten Rat. „In Dala-Järna ist ein deutscher Zahnarzt. Er hat eine Privatpraxis. Vielleicht hat er einen Termin frei."

Michael war meine Rettung. „Klar, komm morgen um neun Uhr vorbei", meinte er freundlich. Was sollte das? Ich verstand die Welt nicht mehr. Warum dauert es bei der staatlichen Stelle ein halbes Jahr, in einer deutschen Privatpraxis jedoch nur einen Tag, bis man einen Termin bekommt?

Am nächsten Tag bekam ich von Michael, der schon seit zwanzig Jahren in Schweden lebte, die Antwort. Die meisten Schweden suchen die „tandvård" der Gemeinde auf. Das sind sie so gewohnt, das haben sie schon immer so gemacht. Privatpraxen sind unüblich in Schweden und auch nicht gerne gesehen. Ein Privatarzt kann zudem seine Preise anders gestalten als eine gemeindeeigene Zahnarztpraxis, auch das ist der Grund dafür, dass viele Schweden die „tandvård" aufsuchen, obwohl es so lange dauert. Mir war egal, was es kosten würde. Konnte ja wohl auch nicht so teuer sein, eine herausgefallene Füllung wieder einzusetzen? War es auch nicht. Und dann gab mir Michael noch einen Tipp mit auf den Weg. „Wenn so etwas wieder mal passiert, dann geh einfach hin zum Zahnarzt in deiner Gemeinde und sage, du hast furchtbare Schmerzen. Dann werden sie dich sicher sofort behandeln."

Wenn man krank ist und keine Nerven dazu hat, sich zuerst einmal stundenlang in eine Warteschlange zu stellen, um sich dann sagen zu lassen, dass der zuständige Arzt selbst krank ist, Urlaub macht oder gerade gekündigt hat, dann ist dies das Beste, was du tun kannst: Geh direkt in die „vårdcentral", das staatliche Ärztehaus. Sag, dass du krank bist und heute noch behandelt werden möchtest. Sag, dass du Schmerzen hast, lass nicht locker, lass dich nicht abwimmeln, setz dich in den Warteraum und warte so lange, bis du drankommst. Das hat bei mir bisher immer funktioniert. Aber: So etwas tut man eigentlich nicht in Schweden. Man drängt sich nicht auf, stellt sich nicht heraus, man ist ja nichts Besseres. Das „jantelagen" lässt grüßen. Tut man dies dennoch, dann sind die meisten Schweden überfordert. Sie wissen schlicht nicht, wie sie auf eine solche Unverfrorenheit reagieren sollen, und geben auf. Du kommst dran, du wirst be-handelt! Und das ist es doch, was du wolltest. Also mach es einfach so. Am Anfang hatte ich noch ein schlechtes Gewissen, wenn ich mich so „aufgeführt" habe. Aber heute nicht mehr. Das schwedische Gesundheitssystem ist teilweise veraltet, patientenfeindlich und sanierungsbedürftig, dass man mit dieser Aktion nur beweist, dass es auch anders geht.

November

Ich habe mir lange überlegt, ob ich den November nicht einfach auslassen soll. Ein paar weiße Blätter, die demonstrieren, dass man den November in Schweden vergessen kann. Aber das stimmt nicht ganz.

In Deutschland hatte ich im November nie unter dem Wetter gelitten. Ich wohnte in Süddeutschland, da schien auch zu dieser Jahreszeit ab und an die Sonne. Natürlich war es auch dort nasskalt, unfreundlich, kalte Winde fegten um die Häuserecken. Aber ich wusste, schon im Februar kommen die ersten kleinen Schneeglöckchen wieder zum Vorschein und wenn dann die Sonne scheint, kann man sogar schon wieder draußen sitzen und so hatte mir die nasse Kälte nicht viel ausgemacht.

Hier in Schweden war es schwieriger, im November Positives zu sehen. Die Tage wurden nach der Umstellung von Sommer- auf Winterzeit noch kürzer, als sie ohnehin schon waren. Es war dunkel und grau, alle Bäume hatten ihre Blätter verloren und der Schnee wollte und wollte nicht kommen. Das ist das Schlimmste! Wenn Schnee liegt, dann ist es weiß, hell, die Welt wirkt gleich viel freundlicher, auch wenn keine Blumen mehr blühen. Ohne Schnee ist alles trist. Die Häuser in Vansbro wirkten kahl und öde, teilweise auch schmutzig und die vielen verrosteten Autos, die in den „gårdar" lagen, machten die Sache nicht besser.

Doch wollte ich mich ja nicht gleich unterkriegen lassen und in Winterdepression verfallen. Ich arbeitete, das war ja schon mal ein Grund morgens aufzustehen und sich nicht dem Winterschlaf hinzugeben. Sven und Stella hörten sich meine Klagen gelassen an und meinten „det ordnar sig!", „das wird schon wieder". Der bekannte Ausspruch. Sie hatten ja schon ihr ganzes Leben in dieser Dunkelheit verbracht, da würde ich ja wohl die paar Wochen auch überstehen!

Ich versuchte mich abzulenken, las Tolstojs „Anna Karenina" und war froh, dass ich nicht in derselben Situation wie die Hauptdarstellerin war, die sich am Ende das Leben genommen hatte. Kam ich von der Arbeit nach Hause, machte ich sämtliche Decken- und Stehlampen an, damit das Leben heller wirkte. Tom und ich gingen mit Smilla raus, auch wenn das Wetter nicht gerade einladend war und man aufpassen musste, dass man nicht der Länge nach hinschlug. Es war um die null Grad, die Wege waren vereist, Raureif lag auf den Straßen. Wir kauften uns „Spikes" für die Schuhe, kleine Gummiteile mit Noppen, die man unter die Sohlen spannt, damit man nicht ausrutscht. Sie halfen nicht immer, aber meistens. Ich kaufte mir auch Spikes fürs Fahrrad, weil ich nicht bereit war, schon im November auf Fahrradfahren zu verzichten. Ich wollte und konnte nicht einsehen, dass ich mich nicht mehr aufs Fahrrad schwingen konnte, einfach drauflos radeln, an die Seen, an den Fluss. Ich probierte es, aber es war nicht schön, es war eiskalt und nach einem schweren Sturz ließ ich das Fahrradfahren wohl oder übel bleiben. Ich kam mir eingesperrt vor, konnte draußen nie normal laufen. Ständig musste ich damit rechnen, dass ich hinfiel. Das Autofahren war auch gefährlich, es war zu glatt. Ein Hilferuf bei Kalle „Gibt es morgen Frühstück bei dir?" war auch vergebens. Er hatte nicht mehr so viele Gäste, es lohnte sich nicht, ein Frühstücksbüffet zu organisieren. Es war Wochenende, wir wollten weg, das Wetter war schlecht, was tun?

Trotz der unsicheren Wetterlage setzten wir uns in unseren alten Saab und fuhren in die Stadt, nach Falun. Es musste sein, auch wenn es noch so gefährlich war. Liegt Schnee auf der Fahrbahn, dann ist es kein Problem, in Schweden Auto zu fahren. Die Straßen werden sehr gut geräumt. Aber nun war es glatt, es lag kein Schnee sondern Eis auf der Fahrbahn. Tom ist ein guter Fahrer. Er fuhr langsam und umsichtig und so dauerte es mehr als zwei Stunden, bis wir unser Ziel erreichten.

In Falun tobte mal wieder der Bär. Es war Samstag Vormittag, die Einkaufsstraßen waren wie ausgestorben. Hatten die Läden wegen des Novemberwetters geschlossen? Nein, die Leute hatten wohl keine Lust, sich in die ungemütliche Fußgängerzone zu begeben. Wir trafen die meisten im Café mit der guten Latte und im Heimatmuseum von Falun, das sehr viele alte traditionelle Ausstellungsstücke und Trachten zeigt. Zudem war hier die nachgebaute Bibliothek von Selma Lagerlöf zu bewundern. Und als ich das sah, war ich mit meinem Schicksal wieder versöhnt und kam mir nicht mehr ganz so fehl am Platz vor. Wir verbrachten Stunden im Museum und im Café und kamen dann auf die Idee, ein Schwimmbad mit einer Sauna zu suchen. Das musste es doch wohl irgendwo geben. Wir fanden es in einem Hotel. Unsere Ansprüche waren gering, wir wollten nur ein wenig schwimmen und anschließend in die Sauna. Badezeug und Handtücher hatten wir nicht dabei, die konnten wir jedoch leihen. Das Schwimmbad war klein und sauber. Wir tobten uns aus und freuten uns auf das Kommende, die Sauna. Wir hatten eine Sauna gefunden, in der Männlein und Weiblein gemeinsam saunieren durften. Genial, denn dies ist in Schweden unüblich, meist gibt es getrennte Saunen. Der Höhepunkt dieses grauen Tages sollte kommen. Wir zogen uns aus und gingen mit unseren geliehenen Badetüchern in den heißen Raum. Dort saßen fünf andere Saunierende, allesamt in Badekleidung. Wir dachten uns nichts Böses. Etwas merkwürdig fanden wir es schon, dass die Leute hier in ihrem Badezeug schwitzten, aber wir hatten schon so viele Merkwürdigkeiten in Schweden erlebt, dass es auf diese auch nicht mehr ankam. Tom und ich sahen uns kurz an und setzten uns auf die freien Plätze. Kaum hatten wir unsere nackten Popos auf die weißen Tücher gebettet, stand einer der Saunierenden auf und ging. Gleich danach verließ eine Frau die Sauna, gefolgt von zwei weiteren. Ein älterer Mann blieb sitzen. Wir warteten, aber er ging nicht. „Haben wir etwas falsch gemacht?", fragte Tom. Der Mann in der Badehose schüttelte den Kopf. „Vielleicht störte es sie, dass ihr nackt seid! Mich stört es nicht, es ist in Ordnung." „Geht man hier denn immer in Badekleidung in die Sauna?", fragte ich. „Meistens", meinte der gelassen. „Ich auch, habe mich angepasst, obwohl ich es nicht gut finde. Aber ich mag die stierenden Blicke nicht mehr ertragen." Seine Augen waren wieder auf die heißen Steine gerichtet. Er schwieg. Wieder was gelernt. Wir hatten Schweden mit Finnland verwechselt. In Finnland ist die Badekultur ganz anders ausgeprägt. Dort sauniert man immer nackt. Die Finnen haben auch in den meisten Badeanlagen Anleitungen, wie man sich in der Sauna zu verhalten hat. Das haben wir uns seither schon oft auch für Schweden gewünscht. Denn hier ist das Verhalten in der Sauna manchmal richtig ekelerregend, sodass wir schon fast die Lust verloren haben am Saunieren. Viele duschen sich nicht, bevor sie eine Sauna betreten. Wenn sie kein Badezeug anhaben, dann sitzen sie oft mit nacktem Hintern auf den heißen Brettern und das Ekligste, was wir einmal erlebten, war: Ein Schwede kam in die Sauna, sammelte seinen Schleim im Mund und spuckte ihn auf die heißen Steine. In Schweden zu saunieren macht oft nur dann Spaß, wenn man privat eingeladen ist. Da sind die Gewohnheiten andere. Warum das so ist, haben wir noch nicht herausgefunden. Aber das kommt schon noch.

Wir machten uns zufrieden auf den Heimweh. Auch an diesem grauen Novembertag hatten wir Schönes erlebt und etwas dazugelernt.
Da sah ich ein Schild auf dem Weg aus der Stadt: Weihnachtsmarkt in Falun im Dezember. Man konnte sich dafür anmelden, einen Stand buchen, mitmachen. Sofort

ratterte es in meinem Gehirn. Ich wollte schon immer mal einen eigenen Weihnachtsstand haben: mit Lebkuchen, Stollen, selbstgestrickten Wollsachen. Mir fielen so viele Dinge ein, die ich gerne verkaufen wollte. Da würde ich mitmachen!

Der Weg nach Hause war lang. Die hundertfünfzehn Kilometer von Falun nach Vansbro streckten sich ins Unendliche. Langsam wurde es dunkel. Die kleinen roten Häuschen verschwanden im Nebel und im Grau. Dies ist die gefährlichste Zeit zum Autofahren, denn in der Dämmerung passieren die meisten Unfälle auf den Straßen. Hier in Dalarna gibt es viele Elche, die die Straßen unvermittelt überqueren. Tom fuhr extra langsam, es gab keine Straßenlaternen und Elchzäune waren auch nicht vorhanden. Ich wünschte mir schon lange, endlich mal einen echten Elch zu sehen. Bisher hatte ich erst einen im Skansen, Stockholms Naturpark, gesehen. Manchmal hatte ich schon daran gezweifelt, ob es hier wirklich Elche gab. Nur die Elchkacke im Wald hatte mich bisher noch im Glauben gelassen, dass Schweden auch von Elchen bewohnt wird – und die vielen Plüschelche in Arlanda natürlich. Ich war gespannt. Vielleicht würden wir heute einen Elch entdecken? Und – wir sahen ihn tatsächlich. Und nicht nur das. Wir sahen gleich mehrere Elche, die auf einer kleinen Lichtung grasten. Drei erwachsene und zwei jüngere Elche standen ungefähr fünfzig Meter von uns entfernt. Wir hielten unseren Saab an, drehten leise die Fensterscheiben herunter und beobachteten die kauenden Elche. Sie waren neugierig, schauten immerzu zu uns herüber. Angst schienen sie keine zu haben. Einer von ihnen, ein kleinerer mit winzigem Geweih, kam sogar ein Stück auf uns zu und schaute uns in die Augen. Er sah so witzig aus. Der langgezogene Kopf mit der breiten Schnauze und dem samtenen Maul, die unendlich langen Beine, mit denen er federnd durch den Schnee springen kann. Elche werden über zwei Meter groß und können bis zu achthundert Kilogramm wiegen. Aber solche Kaliber waren nicht dabei. Unsere Elche waren groß, aber nicht zu gewaltig, sodass man Angst bekommen musste. Meine ersten echten Elche! Wir standen lange, andere Autos fuhren unbekümmert an uns vorbei. Wahrscheinlich alles Einheimische, die den Anblick von Elchen schon gar nicht mehr wahrnehmen, und wenn, dann sind sie froh, dass ihnen keiner vors Auto läuft. In Schweden passieren jährlich viele Unfälle mit Elchen und oft gehen sie tödlich aus. Gerade wegen der Elchgefahr gibt es auch die Geschwindigkeitsbegrenzung auf neunzig Stunden-kilometer. In einer Untersuchung hat man herausgefunden, dass man bei neunzig noch Überlebenschancen hat, wenn die Geschwindigkeit höher ist, dann gehen viele Elch-unfälle tödlich aus. Und bei uns in Dalarna ist es besonders gefährlich, weil wir fast keine Zäune haben, die die Elche vom Überqueren der Straßen abhalten. Da, ein Geräusch, die Elche machten sich aus dem Staub und wir fuhren weiter, nach Hause.

In der nächsten Woche rief ich in Falun an und erkundigte mich, wie man einen Stand auf dem Weihnachtsmarkt mieten konnte, wie viel er kostete … Er war nicht teuer, ich war dabei. So setzte ich mich an meinen Laptop und schaute im Internet, wo ich Lebkuchen, die echten Nürnberger natürlich, und andere Leckereien bestellen konnte. Ich wollte testen, ob die Schweden all das wunderbare Weihnachtsgebäck aus Deutschland schätzen würden. Zudem machte ich mich daran, Pulswärmer zu stricken. Pulswärmer in den schönsten Farben und Mustern. Vor Kurzem hatte ich Pulswärmer mit aufgestickten Perlen gesehen, die wollte ich nachstricken. Nun hatte ich eine gute Beschäftigung für die dunklen Abende gefunden. Ich strickte mir die Finger wund, probierte die verschiedensten Strickmuster und Modelle aus, experimentierte. Ich tat Dinge, die ich in Deutschland schon lange nicht mehr getan hatte. Stricken war in den achtziger Jahren eine Lieblingsbeschäftigung von mir gewesen. Ich strickte damals in der Schule, auf dem Nachhauseweg, im Bus, zuhause vor dem Fernseher, ich konnte sogar beim Lesen stricken. Jetzt entdeckte ich diese verschollene Fähigkeit wieder und freute mich über die kleinen gestrickten Sachen, die zudem noch einen guten Zweck erfüllten. Sie wärmten den Körper und sahen schön aus.

Allmählich fand ich den November nicht mehr ganz so schrecklich. Tom hatte auch eine Beschäftigung gefunden, die ihm Spaß machte. Er scannte alte Familienfotos ein und brannte sie auf CD. Er hörte seine alten Schallplatten und digitalisierte die Lieder, die er behalten wollte. Wir zündeten viele Kerzen an, machten es uns heller, der Kamin brannte, wir hörten Musik, ich strickte; es war fast wie früher als Kind, als es noch keinen Fernseher gab und ich gemeinsam mit meinen Eltern und Geschwistern abends gemütlich zusammensaß. Ein ungewöhnliches Gefühl, es war so ruhig, so still, so angenehm, als ob jemand die Zeit zurückgedreht hätte.

Doch ab und an hatte ich auch abends etwas vor. Brian, der Kanadier aus meinem „SFI-Kurs", startete einen Chor. Er war in Vansbro Musiklehrer an der „konstskola", der Kunstschule, und unterrichtete dort hauptsächlich Kinder und Jugendliche. Nun wollte er gerne einen Chor mit Erwachsenen gründen. Ich sang schon immer gerne, war früher mal vor langer Zeit im Schulchor gewesen, jetzt also hatte ich Gelegenheit, auch dieses Hobby wieder zu pflegen. Es war bereits Anfang November und Mitte Dezember wollte Brian ein kleines Konzert in der Kirche von Dala-Järna ganz in der Nähe von Vansbro aufführen. Eine Kirche mit einer besonders guten Akustik. Wir trafen uns zwei Mal die Woche und probten in einer alten Schule. Inmitten von zwanzig Schweden und Schwedinnen waren Brian und ich die einzigen Ausländer. Aber das machte nichts. Brian unterrichtete auf Englisch. Er ging zwar immer noch in den Schwedischkurs, aber da er sich von Anfang an in Schweden mit Englisch durchgeschlagen hatte, machte er das auch weiterhin so. Die Lieder, die wir sangen, waren meist auf Englisch. Mir machten diese Abende viel Spaß. Ich sang mit ein paar anderen Schwedinnen Alt, die Lieder, die Brian für uns herausgesucht hatte, waren flott, er spielte wunderbar Klavier. Eine sehr gute Abwechslung und zudem freute ich mich auf die Aufführung in der Kirche.

Und dann kam endlich der erste Schnee. Noch nie hatte ich so sehnsüchtig Schnee erwartet. Zuerst kamen kleine Flöckchen, dann wurden große Schneeflocken daraus und schließlich schneite es ununterbrochen zwei Tage lang. Meine blaue Gartenbank, die immer noch auf der Terrasse stand, war eingeschneit und hatte dicke Hauben auf der Sitzfläche und auf den Lehnen. Alle zwei Stunden mussten wir die Garageneinfahrt freischaufeln. Unsere Nachbarn schimpften. „Der Schnee macht nur Arbeit. Ab heute müssen wir bestimmt jeden Tag Schnee schaufeln, bis nächstes Jahr im Frühjahr." Ich jedoch fand es herrlich. Ich konnte endlich wieder hinaus, packte mich dick ein, nahm die Schneeschaufel und schwitzte mal wieder, wenn ich die Einfahrt freischaufelte. Was für ein Gefühl in diesem kalten Land! Schwitzen. Und Smilla? Für sie war der Schnee das Größte überhaupt. Sie wälzte sich in dem weichen Schnee, rollte sich hin und her, rannte los, kam zurück, warf sich wieder in die Schneehaufen. Was für eine Freude für einen Schlittenhund, endlich wieder Schnee erleben und spüren zu dürfen. Nach dem Schneetreiben wurde es ruhiger, die Welt war weiß geworden. Am Abend nach der Arbeit schnallten wir uns die Langlaufskier unter die Füße und dann ging es in den Wald. Wir konnten direkt am Haus loslaufen, durchs Moor, und dann fing am Wald die Langlaufspur an. Ich hatte bis zu meinem vierzigsten Lebensjahr nie auf Skiern gestanden. Tom hatte mir dann nach und nach die wichtigsten Verhaltensweisen und Regeln beigebracht. Ich kann nicht behaupten, dass ich dadurch ein Skiass wurde, aber mir macht es Spaß, durch den Winterwald zu gleiten. Besonders dann, wenn keine Hügel oder kleine Berge zu besteigen sind. Die Ebene ist mein Bereich. Das Besteigen der kleinen Hügelchen ging noch, doch das Hinunterfahren war am Anfang schwierig für mich. Ich hatte Angst, aus den Kurven hinauszufliegen. Als mir dies jedoch ein paar mal passiert war, war es kein großes Problem mehr. Ich merkte, dass das Hinfallen im weichen Schnee nicht wehtut und so genoss ich die Fahrten auf den langen Skiern immer mehr. Besonders schön war es, wenn wir abends langliefen. Man konnte am Start der Langlaufspur das Flutlicht einschalten, das uns während der gesamten Strecke eine gute Sicht ermöglichte. Noch fantastischer waren unsere nächtlichen Ausflüge, wenn der Mond schien. Dann brauchten wir kein Flutlicht mehr. Wir fuhren durch den Abendwinterwald, der Mond leuchtete uns den Weg, es war noch nicht so kalt, knapp unter null Grad. Welche Stille im Wald, nur wir waren unterwegs, zwei Skiläufer und ein Hund. Niemand sprach, keine Tierlaute, wir hörten nur das Gleiten unserer Skier. Ab und an auch mal einen Sturz und einen kleinen Schrei, das war ich, wenn ich die Kurve mal wieder nicht bekommen hatte. Ansonsten jedoch hörten wir nur das Gleiten unserer Skier.

Wenn wir am Wochenende tagsüber Ski fuhren, war es nicht ganz so leise. Denn dann holen die Schweden ihre Skooter aus der Garage und rasen mit einem lauten Getöse durch den verschneiten Winterwald. Leider gibt es in vielen Gebieten in Schweden noch keine Geschwindigkeitsbegrenzung und keine speziell ausgeschilderten Skooterwege und so kam es des Öfteren vor, dass wir durch die schnellen Gefährte beim Skilaufen gestört wurden. Nicht dadurch, dass uns die Skooter in die Langlaufspur fuhren, nein. Aber durch die Lautstärke der Motoren. Sie sind viel lauter als zum Beispiel ein Motorroller, etwa vergleichbar mit einem Motorrad beim Anfahren. Schweden ist ein so ruhiges Land, vor allem wenn man in Gegenden wie Dalarna, in Jämtland oder noch weiter im Norden in Lappland wohnt. Doch zwei Dinge stören mich wirklich: die Skooter im Winter und die entsetzlich lauten Rasenmäher im Sommer. Ich weiß nicht, was von beidem schlimmer ist.

Doch jetzt war es Winter, November, der Schnee glitzerte, die Sonne strahlte auch manchmal in Vansbro und ich hatte mich mit dem Wetter versöhnt. Bin weder in Winterschlaf noch in Winterdepression verfallen. Ich habe stattdessen alte Gewohnheiten wie das Stricken neu entdeckt, ich sang wieder und habe das Langlaufen gelernt. Ich hatte diesen Monat überstanden, ohne die Koffer gepackt zu haben und nach Deutschland davonzulaufen; habe erlebt, wie sehr sich ein Husky über die weiße Pracht freuen kann, und konnte mich mitfreuen. Viele Schweden reisen im November ins sonnige Ausland. Thailand ist derzeit eines der begehrtesten Urlaubsländer, aber ich war froh, dass ich hiergeblieben bin. Es ist eine drastische Umstellung vom Oktober, in dem die Blätter noch leuchten, der Wald noch duftet, zum November, wenn die Natur sich auf den Winterschlaf vorbereitet. Was jedoch ganz klar ist: Im November wird es ruhiger, nicht nur draußen in der Natur, auch im Herzen. Und dieses Gefühl kenne ich von meinem Leben in Deutschland nicht mehr.

Dezember

In drei Wochen war Weihnachten und ich würde zum ersten Mal in meinem Leben Weihnachten in Schweden erleben. Jetzt, Anfang Dezember, waren die Häuser und Gärten Vansbros hell erleuchtet und geschmückt. In fast jedem Fenster stand ein Licht, war ein Stern aufgehängt oder brannte eine Kerze. In den Gärten verströmten glitzernde Tannenbäume eine warme Atmosphäre. Auf dem Balkon eines Spaniers funkelten bunte Plastikpalmen. Es machte uns Spaß, im Dunkeln spazieren zu gehen und die Vielfalt der weihnachtlichen Gestaltungsmöglichkeiten zu entdecken. Zudem hat Vansbro zwei Hängebrücken, die im Winter mit Hunderten von kleinen Lämpchen geschmückt sind. Plötzlich sah unser Wohnort wie eine Großstadt aus, ein ganz neues Gefühl.

Am sechsten Dezember, dem Nikolaustag, passierte in Vansbro nichts. Nikolaus wird nicht gefeiert, dafür sprangen jedoch den ganzen Dezember über Menschen mit grässlichen Weihnachtsmannmasken in der Stadt herum. Auch sie verteilten, wie der Nikolaus, Süßigkeiten an Kinder. Aber dies taten sie nicht nur an dem besagten sechsten Dezember, sondern all die Tage vor Weihnachten. Wir arbeiteten, ich bereitete weiter meine Weihnachtsstandkollektion vor, strickte neue Pulswärmer und zeichnete mein aus Deutschland eingeflogenes Weihnachtsgebäck aus. Denn bald sollte es mit dem Weihnachtsmarkt losgehen. Aber zuerst kam ein anderer kleiner Höhepunkt. Wir reservierten bei Kalle einen Tisch für das schwedische „julbord". Lena und Lars, eine Kollegin von Tom und deren Mann, wollten uns begleiten. Das „julbord" ist ein Weihnachtsessen, bei dem nicht nur geschlemmt, sondern richtig zugeschlagen wird. Vielleicht kennen einige noch die Szene aus „Michel aus Lönneberga". Michels Eltern bekommen vor Weihnachten Besuch von Verwandten, haben deshalb geschlachtet und unendlich viele Würste, Pasteten und andere Leckereien zubereitet. Die Verwandtschaft kommt und Michel ist unauffindbar. Er hatte sich im Vorratskeller versteckt und an den dicken Würsten gütlich getan. Das „julbord" kann man sich ungefähr genauso vorstellen, nur gibt es heute noch viel mehr Köstlichkeiten, die man sich in kurzer Zeit in Unmengen zu Leibe führt. Da gibt es gekochten „julskinka", den im Backofen zubereiteten Weihnachtsschinken, „Janssons Frestelse", ein Gericht, das aus Kartoffeln und Anchovis besteht. Hering in allen Variationen, die kleinen Fleischbällchen, „köttbullar" genannt, Kartoffeln, geräucherten Lachs, Rote-Beete-Salat und noch vieles mehr. Wir bestellten ein „julbord" für vier Personen bei Kalle und wussten, das kann nur gut werden. Denn wie gesagt, Kalle ist ein vorzüglicher Koch. Wir genossen das Essen in „Snöå Bruk" über alle Maßen, das herrschaftliche Haus, die geschmackvolle Einrichtung mit den weißen, langen, schön gedeckten Tischen. Trotz der gut besetzten Tische war die Stimmung ruhig und gelassen, die Gäste tranken zwar Alkohol, aber in Maßen. Leise Musik spielte, wir ließen es uns gut gehen. Etwas ver- wundert waren wir, als die meisten Restaurantgäste nach dem Essen gleich wieder aufbrachen. Sie aßen, tranken, danach gab es den Kaffee und sie gingen. Anscheinend ist das hier so üblich. Lena und Lars blieben jedoch bei uns, es gefiel ihnen wohl, mit uns auszugehen. Wir tranken Wein, Lena und Lars wurden fröhlich, sogar Lars redete plötzlich viel, was er sonst nie tat. Es war ein schöner und ein langer Abend. Wir waren die letzten Gäste und so nahmen wir die Gelegenheit beim Schopf und plauderten noch ein wenig mit Kalle, den wir schon lange nicht mehr gesehen hatten. Vor allem vor Weihnachten hatte er mit seinen Weihnachtsessen jede Menge zu tun. Wir zogen uns an, standen draußen bei ihm an der Rezeption und unter- hielten uns angeregt. Lena und Lars waren dabei. Doch dann merkten wir plötzlich, dass sie verschwunden waren. Ich ging nach draußen, wollte sie wieder hereinbitten, aber auch das Auto der beiden war weg. Was war das? Wir waren sehr verwundert, sprachen noch ein wenig mit Kalle und fuhren dann ein wenig bedröppelt nach Hause. Hatten wir etwas falsch gemacht? War es unhöflich, dass wir noch mit unserem Freund Kalle geredet hatten? Machte man das nicht in Schweden?

Das Rätsel löste sich. Als Tom am Montag wieder zur Arbeit ins Rathaus ging, fragte er Lena: „Was war los am Samstag? Warum seid ihr so schnell weggefahren?" „Wir wollten euch nicht stören", war Lenas verwunderte Antwort. Sie wusste anscheinend überhaupt nicht, was das Problem war. Wir dagegen hatten das restliche Wochenende gegrübelt, was wir denn falsch gemacht haben könnten. Vielleicht waren die beiden beleidigt, vielleicht war es unhöflich gewesen, deutsch zu reden. Aber nein, sie wollten nur nicht stören und sind deshalb nach Hause gefahren. Wir waren erleichtert, aber auch etwas pikiert. Denn auch wenn man nicht stören will, könnte man ja eventuell ganz kurz darauf hinweisen, dass man sich nun auf- und davonmacht. Oder ist das nur ein deutsches Denken?

Schön war's trotzdem und wir würden das ganz sicher wiederholen. Nicht dieses Weihnachten, aber das nächste. Dann vielleicht nicht ganz so viel essen …

Der Dezember bietet, wie in Deutschland auch, viele Gelegenheiten für ausgiebiges Essen. In meinem Sägewerks- und Seilwindenbetrieb wurden die Kaffeepausen etwas ausgedehnt und dabei noch mehr kleine süße Teilchen als sonst gegessen. Im Chor brachte Eva abends Selbstgebackenes mit und Tom backte zuhause Schwarz-Weiß-Gebäck und Florentiner. Ich hielt mich beim Backen zurück. Ich esse lieber.

Am dreizehnten Dezember kam dann der Höhepunkt der weihnachtlichen Vorfreude, das Luciafest. Schon Wochen vorher stand in der Zeitung, dass durch eine Missernte in Indien die Safranproduktion in diesem Jahr dramatisch zurückgegangen sei und somit der schwedische Bedarf an Safran für die „safranbullar" eventuell nicht gewährleistet werden könne. Was für ein Aufschrei unter der Bevölkerung. „Safranbullar", das ist ein süßes, gelblich aussehendes Gebäck, das mit Safran gewürzt wird und das unbedingt zum Luciafest gehört. Aber dann konnte man den nötigen Bedarf doch noch heranschaffen und die kleinen gelben Safranschneckchen fanden ihren Weg in die schwedischen und ausländischen Leckermäuler. Ich mag Safran nicht besonders, war also am kollektiven Aufschrei nicht beteiligt, aber ich konnte das Entsetzen nachvollziehen. Was würde ich tun, wenn ich an Weihnachten keine Nürnberger Lebkuchen essen könnte?

Heute war Luciafest. Tom und ich stellten uns den Wecker auf halb sechs Uhr morgens, denn die Lucia aus Vansbro sollte genau um sechs Uhr im Schwimmbad in Vansbro eintreffen. Wir waren gespannt und todmüde. Draußen war es noch eiskalt, wir zogen uns an, tranken einen warmen Tee und dann ging es raus in das nächtliche Städtchen. Ein kurzer Spaziergang durch die erleuchteten Straßen, dann waren wir angekommen. Das ist das Praktische an einer so kleinen Stadt. Die Wege, die man von A nach B zurücklegen muss, sind kurz. Vansbro hat eine Hauptstraße mit einem Bahnhof, der Polizeistation, einem Kleiderladen, einem Optiker und einem Lebensmittelladen. Und dann gibt es noch eine Parallelstraße mit Rathaus, Apotheke, einem Restaurant und dem Alkoholladen, dem „systembolaget", nicht zu vergessen. Und im Rathaus waren praktischerweise die Bibliothek und zudem das Schwimmbad untergebracht. Zehn Minuten Kälteschock und wir waren da und wurden im wunderbar beheizten Schwimmbad von zwei älteren Damen begrüßt, die uns sofort mit „glögg" bewirteten. „Glögg" ist ein schwedisches Weihnachtsgetränk, das man auf unterschiedliche Weise zubereiten kann. Wir bekamen die „weiche" Variante: warmer, süßer, nach Kräutern duftender antialkoholischer Saft mit Rosinen und Mandeln. Die harte Variante besteht aus Rotwein mit einem mehr oder weniger großen Schuss Brantwein. Die letzte Variante ist meines Erachtens nur in Notfällen zu genießen. Den deutschen Glühwein kennt man in Schweden leider nicht.

Aber unser „glögg" schmeckte ausgezeichnet. Der Körper wurde warm und wärmer. Von minus zehn Grad auf plus fünfundzwanzig – das fordert schon, besonders morgens um sechs Uhr. Wir zogen uns aus, bis es unschicklich wurde, und warteten. Das Warten wurde uns mit Kaffee und den beschriebenen Saftanteilchen versüßt. Da ich ja Safran nicht mag, bekam ich „pepparkakor", eine kleine leckere Variante des Pfefferkuchens.

Das Schwimmbad füllte sich, die Stimmung war trotz des antialkoholischen Getränks angeregt heiter, und dann kam sie, die Lucia mit ihrem Gefolge. Eine hübsche kleine Badenixe in weißem Gewand mit echten Kerzen auf dem Kopf schritt langsam und behutsam an uns vorbei. Die Kinder, die um die zehn, zwölf Jahre alt sein mochten, sangen „Sankta Lucia", gingen mit ernsten Mienen zur Schwimmbadtreppe, nahmen die ersten Stufen ins Wasser und – ich hielt den Atem an – es passierte nichts. Niemand stolperte, niemand schlug sich die Zehen an und Lucias Kerzen fackelten keine Haare ab. Eine perfekte Inszenierung. Lucia ging mit ihrem Gefolge einmal durch das mit Wasser gefüllte Schwimmbad, sang dabei mit ihrer klaren reinen Stimme ein weiteres Lied, und husch, waren die Kinder, gekleidet in weißen Gewändern, die ihnen nun am Körpern klebten, wieder draußen. Die Show war vorbei. Ich war etwas verwundert, denn das Ganze lief in höchstens zehn Minuten ab. Lucia war weg. „War das alles?", flüsterte ich Tom zu. Er zuckte kurz mit den Schultern. „Anscheinend", flüsterte er zurück und wandte sich seiner Kollegin Lena zu, die gerade meinte: „Vad trevligt det var och de sjöng jå så fint …och Lucia var en så söt flicka!" – „Wie nett das war und sie haben so schön gesungen und Lucia war so ein süßes Mädchen." Wir nickten und bestätigten Lenas Meinung, wahrscheinlich etwas zu zögerlich. Nach kurzer Zeit erscholl laute Weihnachtsmusik aus den Lautsprechern des Schwimmbads, wir bekamen noch mal Kaffee nachgeschenkt und dann verabschiedete man sich. Tom ging zur Arbeit, ich ging nach Hause und überlegte mir, ob mir das nun gefallen hatte oder nicht. Eigentlich schon, nur hatte ich etwas mehr erwartet, vor allem morgens um sechs Uhr. Wegen dieser zehn Minuten war ich so früh aufgestanden? Vielleicht war ich auch deshalb etwas enttäuscht: In Schweden wird das Luciafest ziemlich hochgejubelt. Ich hatte bisher nur das Beste davon gehört, hatte die Vorfreude meiner Kolleginnen miterlebt, die mir erzählten, wie aufregend und spannend das früher war, weil jedes Jahr eine neue Lucia ausgewählt wurde. Na ja, und was war mit denen, die nie gewählt wurden? Hab ich nicht gefragt, aber gedacht. Auf alle Fälle muss irgendetwas Nostalgisches an Lucia sein, das ich wohl nicht so recht begriffen habe. Vielleicht kann man es mit der Kindersendung am Nachmittag des Heiligen Abends vergleichen. Als Kind hatte ich damals immer die Sendung „Wir warten aufs Christkind" angeschaut; es war ganz wichtig, dass ich sie nie verpasste. Oder vielleicht ist es mit „Dinner for one" vergleichbar, das jedes Jahr an Silvester kommt. Kann sein, es ist eine magische Erinnerung an etwas längst Vergangenes, das man immer wieder erleben oder festhalten möchte. Nun ja, ich war auf alle Fälle nicht ganz in der Lage, die erwartete magische Stimmung zu empfinden. Dazu stank es im Schwimmbad auch zu sehr nach Chlor.

Lucia war vorbei und nun sollte am Samstag der sehnlichst erwartete Weihnachtsmarkt stattfinden. Ich war gespannt, ob meine selbstgestrickten Waren und ob vor allem die vielen Lebkuchen, Stollen und Zimtsterne, die wir in Deutschland eingekauft und uns hatten schicken lassen, dem schwedischen Geschmack entsprechen würden. Schon früh am Morgen packten wir unseren Saab mit den weihnachtlichen Gaben voll. Es war noch dunkel, die Sterne leuchteten, es ging nach Falun, in die Hauptstadt Dalarnas. Diesmal sahen wir keine Elche, die Straßen waren leer. Es ist schön, in Schweden Auto zu fahren, zumindest bei uns auf dem Land. Kein Stau, immer freie Fahrt, die Straßen sind gut geräumt. In Falun angekommen trafen wir auf ein ganz ungewohntes Gewimmel von Menschen. Es hatten sich wohl sehr viele zu diesem Markt angemeldet, der nur einen Tag lang stattfinden sollte. Wir fanden unseren Stand, legten unsere Waren aus und … sahen uns erst mal die Dinge an, die unsere Mitbewerber verkaufen wollten. Ich kenne vor allem den Stuttgarter Weihnachtsmarkt und jenen in dem kleinen Städtchen, in dem ich viele Jahre gewohnt habe. In Deutschland gibt es viele kommerzielle Märkte, die mich nicht sehr angesprochen haben. Dort findet man von Töpfen und Geschirr über afrikanische Masken alles, was nichts mit Weihnachten zu tun hat. Insbesondere der Stuttgarter Weihnachtsmarkt hat mich jedes Jahr aufs Neue enttäuscht. Nichts als Bustouristen, keine Chance, die Stände in Ruhe anzuschauen. Das Schrecklichste, was ich einmal erlebt habe, war der Weihnachtsmarkt in Tübingen. Es gab dort sehr schöne Stände, keine Frage, aber als ich dann in der Hafengasse im „Stau" stand und es eine Viertelstunde nicht mehr vor- und zurückging, da war mein Bedarf an deutschen Weihnachtsmärkten gedeckt. Aber nun waren wir hier, in Schweden, in Falun, und bewunderten das wunderschöne handgearbeitete

Holzspielzeug, die selbstgeschnitzten Messer aus Rentierhorn, die handbedruckten Stoffe und nicht zuletzt das ganze Ambiente. Der Markt fand auf dem Gelände der Grube von Falun statt. Man hatte die vorbereiteten Stände mit Tannenzweigen und kleinen Lichtern geschmückt, an einigen Stellen waren Feuerstellen eingerichtet, an denen sich die Besucher aufwärmen konnten. Es roch schon morgens nach „glögg" – auch diesmal wieder antialkoholisch, es rieselte keine Musik aus irgendwelchen Lautsprechern, sondern es war ganz still und dann fing es auch noch an, zu schneien. Eine perfekte Kulisse für einen Weihnachtsmarkt. Zudem war es nicht zu kalt, knapp unter null Grad. Ich ging zurück zu meinem Stand, Tom war unterwegs und fotografierte, ich wartete. Meine hübschen bunten Pulswärmer lagen aufgereiht neben den Lebkuchen und dem aufgeschnittenen Stollen. Die ersten Besucher kamen, sie schauten interessiert, guckten sich meine Waren aus einem gewissen Abstand an. Hm, das war wohl etwas Neues. Damals gab es noch keinen „Lidl" in Falun. Deutsche Esswaren waren so gut wie unbekannt. Und das machte sich nun bemerkbar. Die Leute schauten, sie kamen etwas näher, sie zeigten auf das merkwürdige unbekannte Gebäck, und erst als ich sie ansprach, als ich erwähnte, dass Silvia, ihre Königin, sich an Weihnachten immer Lebkuchen aus Nürnberg schicken ließ (hatte ich gelesen!), da probierten sie meine kleinen vorbereiteten Lebkuchenstückchen. Sie meinten „ja, das schmeckt interessant" und da wusste ich, das kommt wohl nicht so gut an. Anders war es da schon mit den eingekauften Zimtsternen. Zimt ist in Schweden weitverbreitet. Man denke nur an die „kanelbullar", die kleinen Zimtschnecken, die das Standardgebäck der Schweden zur „fika" sind. Die verkaufte ich – frech, wie ich war – stückweise und machte damit gut Geld. Die Lebkuchen jedoch, die fanden später ihre Abnehmer in meinem und Toms Magen. Was nicht das Schlechteste war. Dafür fand der Stollen scheibenweise reißenden Absatz und auch ein paar Pulswärmer fanden ihre neuen Besitzer. Ich genoss die ruhige Atmosphäre dieses Weihnachtsmarkts sehr. Verglichen mit einem deutschen Weihnachtsmarkt war dieser hier klein, überschaubar, die Besucher hatten Zeit und auch Platz, sich die Waren anzuschauen, und vor allem waren sie handwerklich gut gearbeitet. Sicher gab es ab und an einen Stand, der billige Süßigkeiten oder auch mal Plastikspielzeug verkaufte. Die meisten jedoch hatten handwerklich hochwertige Waren dabei, die allesamt auch etwas mit Weihnachten zu tun hatten. Besonders schön wurde es dann am Nachmittag, der Mond schien, es wurde dunkler, die kleinen Lämpchen an den Ständen strahlten. Jetzt standen die Besucher um die Feuerstellen herum, sie tranken „glögg", aßen heiße Würstchen, Maronen oder unseren Stollen und ließen es sich gut gehen. Vom Verkauf her war mein Einsatz unbedeutend. Aber das war auch nicht der Grund, warum ich teilgenommen hatte. Ich wollte sehen, wie die Schweden sich verhalten, wenn sie etwas Neues zu sehen bekommen, wollte einen traditionellen schwedischen Weihnachtsmarkt erleben und das durfte ich hier. Wir fuhren zufrieden nach Hause, vor allem deshalb, weil wir wieder mal empfunden haben, wie ruhig und gelassen es hier auch in der vorweihnachtlichen Zeit zugeht. Von Weihnachtshektik keine Spur.

Heiligabend rückte unaufhaltsam näher. Ich war traurig und wütend, weil meine Kleine aus Deutschland nicht dabei sein sollte. Tom und ich würden Weihnachten alleine verbringen, ohne Kinder. Sicher, das ist etwas melancholisch gedacht. Müssen Kinder immer dabei sein? Wenn sich Eltern trennen, ist es zwangsläufig so, dass einer verzichten muss. Aber immer ich? Nun ja, ich hätte es gerne gehabt, aber es war nicht so. Greta und auch

Toms kleiner Sohn Leo sollten nach Weihnachten kommen. Aber ich wollte mich nicht damit abfinden. Ich schimpfte, fluchte, führte Zwiegespräche und Wortkämpfe mit meinem nicht anwesenden Ex, ließ einen Tag lang Dampf ab, wobei auch Tom sein Fett abbekam, obwohl all dies nichts mit ihm zu tun hatte. Danach hatte ich mich etwas beruhigt und versuchte, mich langsam mit den Tatsachen abzufinden. Greta würde Silvester und den Rest ihrer Ferien hier verbringen – aber nicht Weihnachten.

Ich lenkte mich ab und das gelang mir am besten mit unserem Weihnachtskonzert. Wir probten an einem Wochenende viele Stunden lang und dann kam unser Auftritt in der Kirche von Dala-Järna. Abends um sechs Uhr war die Generalprobe, um halb acht sollte das Konzert stattfinden. Es ging auch los, jedoch ohne die von mir zahlreich erwarteten Zuschauer. Die Kirche war nur spärlich besetzt. Ich hatte den Eindruck, die Zuhörer bestanden hauptsächlich aus den Angehörigen der Chormitglieder. Aber mir machte das nichts aus. Mir ging und geht es ums Singen und auch die anderen schienen dies so zu empfinden. Wir trällerten unsere flotten Weihnachtslieder zusammen mit Brian, der uns auf dem Klavier begleitete. Als ich später nachfragte, wer denn die Werbung für unser Konzert gemacht habe, da stellte sich heraus, dass man sie schlicht und einfach vergessen hatte. War trotzdem schön – und abgelenkt hat mich unser Konzert auch.

Am Heiligen Abend war es sehr kalt. Ich ging am Nachmittag mit Smilla raus ins Moor und hängte einen kitschigen Weihnachtsengel an einen Tannenbaum. Ich wollte gerne wissen, ob ich diesen Engel im nächsten Jahr wiederfinden würde. Aber es ist mir später nie gelungen, ihn wieder ausfindig zu machen. Er hat wohl seine letzte Ruhestätte in den Mooren Dalarnas gefunden.

Am Abend feierten Tom und ich gemeinsam, aber richtige Weihnachtsstimmung wollte bei mir nicht aufkommen. Ich vermisste Greta einfach zu sehr. Frühes Schlafengehen war angesagt, ich wollte, dass dieser Abend so schnell wie möglich vorüberging. Doch am nächsten Morgen war ich schon wieder besserer Laune. Wir gingen um sechs Uhr morgens, schon wieder, in die Kirche nach Dala-Järna, die besagte Kirche, die beim Konzert so spärlich gefüllt war. In meiner Kindheit bin ich oft mit meinen Eltern am Heiligabend in die Mitternachtsmesse in ein nahegelegenes Kloster gefahren. Dies gab es bei uns in Dalarna jedoch nicht. Hier gab es die Frühmesse und die wollte ich gerne erleben. Ich bin im Grunde kein religiöser Mensch, trotzdem mag ich Rituale, genieße die festliche Stimmung und diese durften wir hier auch miterleben. Schon als wir nach Dala-Järna hineinfuhren, schienen uns Hunderte von kleinen Lichtern den Weg zu weisen. Offenbar waren hier mitten in der Nacht Freiwillige unterwegs gewesen und hatten kleine Lichter, „marschaller" auf dem Weg zur Kirche angezündet. Ich war fasziniert. Was für ein Anblick und was für ein Gefühl, durch das nächtliche Dunkel zu fahren, und dann wird man von diesen vielen Lichtern begrüßt und willkommen geheißen. Auch die Kirche war festlich geschmückt, viele Menschen hatten sich ein- gefunden, um gemeinsam Weihnachten zu feiern. Tom und ich saßen in der hintersten Reihe und hatten all die feiernden Menschen vor uns. Wir beobachteten, wir lauschten den schwedischen Weihnachtsliedern, die sehr melancholisch klingen, und ich weinte. Weinte, weil ich so gerührt war, weil ich es so schön fand, weil ich Tom so sehr liebe, mich freute, dass ich mit ihm in diesem neuen Land war, und ich weinte, weil ich Greta so sehr vermisste. Ich weinte auch, weil ich den Anblick dieser vielen Lichter so schön fand. Bis heute habe ich dieses Lichtermeer nicht vergessen.

Die Weihnachtsfeiertage gingen vorbei, wir hatten beide
Urlaub, weil sowohl das Rathaus als auch die Seilwinden-
und Sägeblattfirma über den Jahreswechsel geschlossen
hatten. Wir liefen Ski, aßen unsere übriggebliebenen
Lebkuchen und … wir holten unsere Kleinen auf dem
Flughafen in Stockholm ab. Jetzt waren sie da und
Silvester war nicht mehr weit.

Greta und Leo verstanden sich – meistens – gut. Greta
ist zwei Jahre älter als Leo, so war sie die natürliche
Anführerin der beiden. Sie spielten miteinander, sie
schlugen und vertrugen sich wieder, so wie Kinder dies
eben tun. Tom und ich hatten viel Zeit für sie. Wir spielten
Uno und malten Fensterbilder, wir kochten und lasen
ihnen vor, schauten Filme an und hörten CDs. An
Silvester gingen die beiden früh zu Bett, aber wir
versprachen, sie kurz vor Mitternacht zu wecken. Leo
war kaum wach zu bekommen, aber Greta sprang in ihre
Kleider, holte Smilla und als diese über Leos Gesicht
schleckte, war auch der Kleinste wieder wach. Draußen
war es sternenklar und eiskalt. Wir steckten beide in dicke
Jacken und Hosen, Mütze und Schal und gaben ihnen
kleine Leuchtfeuer in die Hand. Raketen hatten wir keine
gekauft, ich kann die laute Knallerei nicht leiden. Und
doch: Um zwölf Uhr begann ein gigantisches Feuerwerk
am Rande unserer Straße. Da wir keine lokale Zeitung
lasen, hat uns dies vollkommen überrascht. Smilla jaulte
laut auf. Die Ärmste war völlig verängstigt und so mussten
wir sie sofort ins Haus bringen, wo sie sich nur allmählich
beruhigte. Tom blieb bei ihr und tröstete sie. Ich ging mit
Greta und Leo auf die Straße und so sahen wir dem
farbenprächtigen Leuchtfeuer zu. Zehn Minuten dauerte
das Spektakel, dann war wieder Friede in unserer kleinen
Stadt.

Januar

Es wurde kalt und immer kälter. Zuerst minus fünfzehn Grad tagsüber, dann minus zwanzig, trotzdem gingen wir mit unseren Kindern nach draußen. Mittags schien die Sonne, es war eine trockene Kälte, da reicht es, wenn man sich gut einpackt und das Gesicht mit einer dicken Fettcreme schützt. Auf einem kleinen Hügel am Waldrand fuhren wir mit Leo und Greta Schlitten. Manchmal fuhren wir Erwachsene Ski und Smilla zog die beiden in einer kleinen Pulka hinter sich her. An einem Tag grillten wir draußen sogar kleine Würstchen. Wir schauten auf das Thermometer. Minus fünfundzwanzig Grad, Rekord – doch nach einer halben Stunde hatten unsere Kleinen genug, sie wollten wieder heim in die Wärme.

Die trockene Kälte dauerte nur ein paar Tage. Auch in Schweden hat die Klimaveränderung eingesetzt. Früher war es üblich, dass in Dalarna wochen- oder sogar monatelang minus zehn bis minus zwanzig Grad herrschten. Heute ist dies nicht mehr so. Die Temperaturen schwanken genauso wie in Deutschland nur eben auf einem anderen Niveau. Es wurde wieder etwas wärmer, um die null Grad, und so konnten wir das tun, was wir den Kindern schon lange versprochen hatten: Wir machten eine Hundeschlittenfahrt mit ihnen.
Zirka fünfzig Kilometer von Vansbro entfernt leben ein Norweger und eine Deutsche mit ihren über sechzig Schlittenhunden. Wir hatten Olle und Mia schon öfters besucht und sie auch gefragt, ob wir einmal mit unseren Kindern kommen dürften, um eine Hundeschlittenfahrt zu machen. Sie hatten gerade Zeit, ihre Gäste, die hauptsächlich aus England kommen, waren gerade abgereist, das Wetter war ideal. Also nichts wie los!
Schon bei Sonnenaufgang um neun Uhr, sahen wir, dass es ein schöner Tag werden würde. Wir setzten Greta und Leo ins Auto, Smilla musste heute zuhause bleiben. Zuerst ging

es über den Inlandsweg Richtung Süden. Der Inlandsweg ist die Straße, die mitten durch Schweden läuft. Dann fuhren wir einige Kilometer durch den tief verschneiten Wald. Wir merkten, dass es hier kälter war, ein idealer Ort für Schlittenhundefahrten. Schon waren wir da. Olle, der Norweger, ist ein großer, mächtiger, etwa sechzigjähriger Mann mit einem langen Nikolausbart. Die Lachfältchen um seine Augen und sein starker Händedruck machen ihn sofort sympathisch. Mia, seine Partnerin, ist dagegen zart und schmal, mindestens zwanzig Jahre jünger als Olle und ich habe mich oft gefragt, wie diese kleine Frau eine solch schwere Arbeit erledigen kann. Denn die Arbeit mit Schlittenhunden ist sehr kraftraubend. Aber ihr scheint es viel Spaß zu machen. Die beiden begrüßten uns herzlich, servierten uns Kaffee und Gebäck und dann bekamen Tom und ich erst mal eine Einführung in das Schlitten-fahren, damit wir später unsere Hundeschlitten selbständig lenken konnten. Ich sollte als Erste mein Glück versuchen. Über meine lange Unterhose und meine normale Hose zog ich noch einen dicken Overall, schlang einen besonders dicken Schal um den Hals, auf den Kopf kam eine Mütze mit Ohrenklappen und an den Händen trug ich Hand-schuhe, die mit dicker Schafwolle gefüttert waren. Olle und Mia waren bestens ausgestattet für ihre Gäste. Sie hatten für jede Figur die passende Kleidung da, damit man auf der Schlittenfahrt nicht frieren musste. Ich sah aus wie ein Michelinmännchen, konnte mich nur noch breitbeinig fortbewegen, aber mir war warm. Olle spannte den Schlitten an seinen Skooter und gab mir die ersten Instruktionen. „Stell dich auf die Kufen. Halte dich gut fest. Bremse, wenn ich zu schnell werde und wenn wir über die Straße fahren. Halte die Hand hoch, wenn alles o.k. ist, und rufe, wenn etwas nicht in Ordnung ist." Klare, einfache Hinweise. Dann startete er seinen Skooter und wir fuhren zwanzig Minuten lang über die vorbereiteten Skooterwege. Er fuhr schnell, es war herrlich, durch den

verschneiten Wald zu düsen, doch da, er bremste ab und ich musste auch bremsen. Geschafft. Auch der Übergang über eine Straße klappte gut und dann zog Olle noch mal richtig durch. Er fuhr schneller, legte sich in eine Kurve, ich vergaß zu bremsen und schon lag ich im weichen Schnee. Er hielt an und lachte. „Das war der letzte Test", meinte er. „Du hast alles gut gemacht, bist auch weich in der Kurve gefallen. Jetzt kann es richtig losgehen!" Nachdem Tom dieselben Einweisungen erhalten hatte, wurden die Schlittenhunde eingespannt. Tom bekam ein Gespann mit acht Hunden, ich eins mit sechs und Olle fuhr mit Leo und Greta, die in einem Schlafsack warm eingepackt auf dem Schlitten lagen, mit zehn Hunden. Die Fahrt ging los. Wir hatten einen perfekten Tag erwischt. Es war Mittagszeit, die Sonne schien und die Wege, auf denen wir mit unseren Hunden fuhren, waren hervorragend vorbereitet. Wir fuhren auf breiten Waldwegen, entlang an Seen und schließlich fuhren wir über kleine zugefrorene Seen. Die Landschaft wurde weit, ich konnte mich an der herrlich verschneiten, glitzernden Landschaft nicht sattsehen. Trotz der vielen Hunde ging es ruhig zu. Sie bellten nicht, ab und an rauften sie und wir mussten anhalten, weil zwei sich nicht einigen konnten, wer der Anführer war. Aber ansonsten lief alles gut. Niemand flog aus der Bahn, keinem fuhr der Schlitten davon und Leo und Greta hatten viel Spaß mit Olle, der außer Norwegisch und Schwedisch auch Deutsch sprach. Sie erzählten uns später, dass sie ihm pausenlos Fragen gestellt hätten, die er auch alle geduldig beantwortete. „Warum bellen die Hunde nicht? Warum können Schlittenhunde so schnell rennen? Warum ist der kleine Schlittenhund der Anführer und nicht der große?"
Zwei Stunden lang fuhren wir durch die einsame Landschaft. Für mich war dies ein ganz besonderes Erlebnis. Ich genoss es, mich mit den Hunden in die Kurve zu legen, das erinnerte mich an meinen Motorroller,

den ich in diesem Sommer recht wenig eingesetzt hatte. Ich genoss es, schnell dahinzugleiten, die Sonne auf meinem Gesicht zu spüren, ohne dabei zu frieren. Genoss es auch, alleine zu sein. Niemand redete, niemand fragte etwas, ich konnte meinen Gedanken nachhängen, konnte die Schönheit dieser Landschaft ganz alleine in mir spüren. Das sind die besonderen Momente, in denen ich weiß, warum ich hier bin. Bisher konnte ich nur hier, in Schweden, die Stille und Einsamkeit finden, die mir so gut tun. In Deutschland ist es oft laut und hektisch. Auch wenn ich meine Kleinstadt besuche, die ich so sehr mag, in der ich so viele Jahre gelebt habe, kann ich dort keine richtige Ruhe finden. Nicht mal, wenn ich hinausgehe in die Natur, auf die Wiesen, auf den Berg, nirgendwo ist es richtig still, immer hört man ein Geräusch, ein Auto, ein Flugzeug, einen Motor. Hier hörte ich nur das Gleiten der Kufen auf dem weichen Schnee. Doch dann war die wunderschöne Fahrt vorbei. Greta und Leo waren völlig begeistert, auch ihnen hatte die Fahrt gefallen und Tom war wie ich ganz in sich gekehrt, als wir ankamen. Er nahm mich in die Arme, gab mir einen Kuss. „Schön, war's, sehr schön!"

Mia hatte in der Kote, dem Lappenzelt, bereits die offene Feuerstelle eingeheizt. Auf dem Grill lagen kleine Würstchen, die kleinen Hackfleischbällchen, „köttbullar", und geröstetes Fladenbrot. Wir hatten während der Fahrt gar nicht bemerkt, wie hungrig wir waren. Jetzt jedoch kamen Hunger und Müdigkeit zugleich. Wir setzten uns auf die warmen Rentierfelle, Mia servierte warme Blau-beersuppe, Grillteller und Getränke und so saßen wir noch lange in dem kleinen Zelt und redeten und aßen mit-einander. Was braucht man mehr? Natur, Stille, Ruhe, gutes Essen, Menschen, die man mag, mit denen man sich gut versteht.

Am Abend gingen wir nur ungern nach Hause. Auch die Kinder konnten sich von den vielen Huskys mit dem weichen Fell und den wunderschönen braunen oder tiefblauen Augen kaum trennen. Wir verabschiedeten uns, versprachen wiederzukommen, wir fuhren die fünfzig Kilometer zurück und als Greta an diesem Abend ins Bett ging, meinte sie: „Mama, ich werde Hundezüchterin, nein Huskyzüchterin", und sie drückte Smilla noch mal schnell an sich, bevor sie einschlief.

Die Ferien der Kinder waren vorüber, wir mussten sie zum Flughafen nach Arlanda bringen, von wo aus sie gemeinsam nach Deutschland fliegen sollten. Es war Samstag, Tom und ich wollten den Samstagabend und Sonntag gemeinsam in Stockholm verbringen, bevor wir wieder arbeiten mussten. Deshalb saßen wir nun zu viert im Zug von Vansbro nach Stockholm. Smilla hatten wir bei einem Nachbarn untergebracht. Diese dreihundert-fünfzig Kilometer lange Reise dauert mit dem Zug normalerweise vier Stunden. Wir hatten genügend Zeit eingeplant, es war Morgen, das Flugzeug sollte erst am Nachmittag Richtung Stuttgart fliegen. Im Zug war es still, die wenigen Fahrgäste schliefen oder lasen, hörten Musik oder sahen aus dem Fenster. Kaum einer sprach, nur unsere beiden brachten etwas Stimmung ins Abteil. Wir spielten Uno, Leo, der im Kartenspielen gut war, verlor und ärgerte sich lautstark. Greta konnte kaum still sitzen und rutschte ständig von einem Sitz auf den anderen. Die Wasserflasche fiel um und schon wieder war lautes Gekreische angesagt. Die Gäste um uns herum schien dies nicht zu stören, niemand sagte etwas, niemand beschwerte sich. Tom und ich sahen uns an und wunderten uns, schon wieder.
Der Zug fuhr schnell, er hielt an den wichtigsten Halte-stellen, doch dann wurde er plötzlich langsamer, bis er schließlich zum Stehen kam. Das ist nichts

Ungewöhnliches und wir machten uns keine Gedanken. Nach ein paar Minuten wurden wir doch etwas unruhig. Es kam keine Durchsage, kein Schaffner ließ sich blicken. Wir schauten uns um, die anderen Fahrgäste schienen sich durch die Unterbrechung der Reise nicht gestört zu fühlen. Wie vorhin lasen sie, schauten aus dem Fenster oder hörten Musik. „Ich werde einen Schaffner fragen", meinte Tom und lief Richtung nächstes Abteil. Es dauerte lange, bis er zurückkam. Er war etwas bleich um die Nase und schüttelte den Kopf. „Was meinst du, was passiert ist?", fragte er mich. „Keine Ahnung!" „Sie haben vergessen zu tanken!" „O Gott, das darf nicht wahr sein. Kann man so blöd sein?" Man kann! Jetzt kam auch die Durchsage. Durch ein Missgeschick sei es nicht möglich weiterzu-fahren, wir würden mit Bussen nach Arlanda und Stockholm gebracht. Was für ein Mist! Unsere Kinder mussten pünktlich am Flughafen sein, sie konnten kein anderes Flugzeug nehmen. Alles war gebucht, die Flug-reise, die Reisebegleitung, die jeweiligen Elternteile wollten sie pünktlich abholen. „Shit!" Tom regte sich auf. Als der Schaffner vorbeikam, schnappte er ihn sich am Arm und fragte: „Wann kommen die Busse? Werden sie pünktlich in Arlanda sein?" „Die Busse werden bald hier sein. Alles wird sich finden." Wie kann man nur so ruhig bleiben? Ist die Ruhe der Schweden echt oder gespielt? „Wir müssen wissen, ob es klappt", sagte ich noch, aber da war der Schaffner schon verschwunden. Wieder einmal bemerkten wir, dass wir uns als einzige öffentlich über diese Unter-brechung der Reise aufregten. Keiner der anderen Fahr-gäste stellte dem Schaffner Fragen, keiner wurde ärgerlich. Ist das mal wieder ein typisch deutsches Verhalten? Auch Leo und Greta ließen sich durch unsere Nervosität anstecken. „Kommen wir pünktlich zum Flugzeug?", fragte Greta. Aber diese Frage konnte ich ihr nicht beantworten. „Ich weiß es nicht, mein Schatz", meinte ich und zuckte mit den Schultern. Nach einer halben Stunde kamen tatsächlich vier Busse, wir verstauten unser Gepäck darin und dann ging die Fahrt weiter, diesmal auf der Landstraße. Unseren Kindern schien dies zu gefallen. Sie hatten noch nie einen Bus mit Toilette gesehen, zudem wurden auch noch belegte Brötchen und Getränke serviert. Wir wurden langsam wieder versöhnlich gestimmt, die Aufregung legte sich und natürlich kamen unsere Kinder pünktlich zum Flugzeug. Alles klappte wie geplant und wir mussten mal wieder einsehen, dass all unsere Aufregung umsonst war. Aber trotzdem: Wie kann man nur das Tanken vergessen?

Wir übergaben Greta und Leo an die Flugbegleiterin, die wieder nur Schwedisch sprach. Ich weinte diesmal nicht, weil ich wusste, dass ich Greta an Ostern wiedersehen würde. Wir warteten, bis das Flugzeug in der Luft war, und dann fuhren wir mit dem Arlanda Express in die Stadt. Ich war schon lange nicht mehr in Stockholm gewesen. Das letzte Mal mit Katharina und das war gleich nach meinem Umzug nach Schweden gewesen. Toms letzter Besuch in Stockholm war noch länger her. Wie immer staunte ich über die wunderschöne Bahnhofshalle und noch mehr darüber, wie klein doch alles war. Immerhin ist Stockholm eine Stadt, ja die Hauptstadt Schwedens und hat 1,2 Millionen Einwohner. Wenn man jedoch am Bahnhof ankommt und von dort aus direkt ins Zentrum läuft, kommt man sich wie in einer deutschen mittelgroßen Stadt vor. Wir fuhren zuerst mit dem Bus zur Jugendherberge Skeppsholmen, die sehr zentral mitten in der Stadt liegt. Wir verstauten unser weniges Gepäck und stürzten uns mitten hinein in den Trubel. Schön, mal wieder so viele und auch andere Menschen zu sehen. In Stockholm leben viele Ausländer, die Menschen sind anders angezogen, hier gibt es große Läden wie das NK, die „Nordiska Kompaniet", ein wunderschönes altes Kaufhaus mit Jugendstilelementen. An jeder Ecke sind Cafés und

Kneipen; all dies waren wir nicht mehr gewohnt. Nach zwei Stunden waren wir schon völlig erschöpft und kämpften uns durch die Massen, bis wir im Café des Kulturhauses ankamen, mitten in Stockholm am „Sergelstorg" gelegen. Hier setzten wir uns auf die Barhocker an den riesigen Fenstern, von denen aus wir das Treiben von oben betrachten konnten. Das gefiel uns schon besser. Trubel ist ab und an gut, aber man muss ja nicht mittendrin sein. Wir erholten uns langsam von diesem ungewöhnlichen Stress, aßen und tranken gut und danach gingen wir ins Kino. Am nächsten Morgen frühstückten wir in der Jugendherberge, die ein sehr gutes Büffet hat, gingen ins „Nordiska Museet" und setzten uns dann am Nachmittag gemütlich in den Zug nach Vansbro. Stockholm ist eine Kulturstadt mit einer Vielfalt an Möglichkeiten, vielen unterschiedlichen Menschen. Aber ein Tag reicht. Die vielen verschiedenen Eindrücke, die so geballt auftreten, können auch erschlagen. Merkwürdig, wie sehr einen die Umgebung prägt, wie sehr man sich anpasst, der Körper sich auf seine Umgebung einstellt. Ich kann mir nicht vorstellen, in Stockholm zu leben, obwohl es dort sehr schön ist. Der „Djurgården", der Park in Stockholm, ist zum Beispiel eine riesige Oase mitten in der Stadt, mit großen Grünanlagen, in denen man sich verlaufen kann. Trotzdem ist mir ein echter Wald mit Moor lieber. Ich brauche die kleinen Seen, die kleinen stillen Plätze, an denen nur ich und Tom und vielleicht noch Smilla … sind. Ich möchte die Stille hören, möchte den Wind fühlen, der mir ins Gesicht bläst, ich möchte auch den Schnee unter meinen Füßen spüren, möchte hören, wie er knirscht. All dies kann ich in Stockholm nicht erleben. Deshalb war ich froh, als wir am Sonntagabend wieder zuhause waren.
Der Alltag fing wieder an. Arbeiten, Schwedisch lernen im Kurs, Ski fahren am Abend, lesen. Ich gewöhnte mich wieder daran, dass die Kinder weg waren, rief Greta oft an,

aber Telefonieren ist kein Ersatz für die Nähe, die man beim Zusammensein spürt.

Das Wetter wurde schlecht, sehr schlecht. Die Temperatur schwankte ständig zwischen minus fünf und plus fünf Grad. Der Schnee schmolz, es regnete, dann wurde es wieder kälter, Eis lag auf der Straße. Mit normalen Winterschuhen konnten wir die Gehwege nicht mehr betreten. Ohne Spikes an den Schuhen hatte man keine Chance. Zum Einkaufen mussten wir das Auto nehmen, zu Fuß war es zu gefährlich. Ein falscher Schritt und schon lag man der Länge nach auf der Nase. Ich hasse dieses Wetter, habe mich auch heute noch nicht daran gewöhnt. Jedoch hat es keinen Zweck, sich darüber aufzuregen, es wird dadurch nicht besser. Das Laufen war in der freien Natur also ziemlich eingeschränkt, Ski fahren machte in diesem Siffwetter auch keinen Spaß. „Hemma är bäst", sagen die Schweden, „daheim ist es am Schönsten". Na ja, ich wollte gerne raus, konnte jedoch nicht. Nein, das ist nichts für mich.

Aber es kam noch schlimmer. An einem Wochenende saß ich lange am Schreibtisch. Ich hatte angefangen, Buchrezensionen für eine deutsche Kinderzeitschrift zu schreiben. Da diese Aufgabe neu für mich war, brauchte ich lange dazu. Ich las, ich grübelte, ich schrieb und dabei schlief mir, ohne dass ich es bemerkte, der rechte Fuß ein. Als ich aufstand, um mir einen Tee zu machen, knickte mir der Fuß um, ich lag auf dem Boden und konnte nicht mehr auftreten. Was für ein Mist! Ein Bänderriss. Nun konnte ich weder draußen noch drinnen laufen, ich war gefesselt, gefangen. Ich konnte mich nicht mehr frei bewegen. Tom verband mir den Fuß, der immer dicker wurde. In die „vårdcentral", das Ärztehaus, konnten wir nicht, die hat am Samstag zu. Aber ich wollte auch nicht. Was hätten die schon machen können? Mein Fuß war so dick wie eine reife Birne, ich konnte nicht mehr auftreten,

dazu brauchte ich keinen Arzt. Mist, Mist, Mist! Tom
versuchte mich zu trösten, er legte mir den Fuß hoch,
er schaffte Musik heran, er kochte mir den Tee, den ich
mir vorhin eigentlich zubereiten wollte. Jetzt war mein
Radius noch weiter eingeschränkt: mein Zimmer, zwanzig
Quadratmeter. Ich lag auf dem Bett, las, humpelte ab und
an auf einem Bein auf die Toilette und schmollte.
Bestimmt einen ganzen Tag lang. Dann jedoch sah ich ein,
dass das nichts nützte. Davon wurde meine schlechte
Laune auch nicht besser. Ich versuchte, das Beste daraus
zu machen. Arbeiten konnte ich nicht, so hatte ich alle Zeit
der Welt. Also fragte ich bei der Kinderzeitschrift nach, ob
ich noch mehr Rezensionen schreiben könne und ich
konnte. Zudem bekam ich Kontakt zu einer Fernschule,
die unterschiedliche Arten des Schreibens unterrichtet, und
ich bekam den Auftrag, einen Lehrgang für Kinderliteratur
zu schreiben. Was für ein Glück! Ich hatte vor vielen
Jahren Kinderliteratur in Tübingen studiert, jedoch
während meiner beruflichen Tätigkeit nichts mehr mit
diesem Thema zu tun gehabt und jetzt konnte ich mich
wieder damit beschäftigen. Das war ein großer Ansporn
für mich und tröstete mich über die Zeit der Unbeweglichkeit hinweg. Ich las mich wieder in das Thema
Kinderliteratur ein, kramte meine alten Hausarbeiten von
der Uni hervor, las über Kinderliteratur und las richtige
Kinderbücher. Auf einmal machten mir das Wetter und
meine Unbeweglichkeit nichts mehr aus. Ich hatte eine
Aufgabe gefunden, die mich forderte, die meinen Geist
anregte und ablenkte. Und als ich dann nach einer Woche
wieder arbeiten ging und abends und am Wochenende
schrieb, da war ich voll und ganz ausgelastet. Das Wetter,
das wieder besser wurde, spielte gar keine große Rolle
mehr. Ich wusste nun, was ich wollte und was ich nicht
wollte. Ich wollte nicht ewig in meiner Sägeblatt- und
Seilwindenfabrik arbeiten, nein, ich wollte gerne mit
Kinderliteratur arbeiten!

Ende Januar kam plötzlich eine Nachricht, die mich schockierte. Astrid Lindgren war gestorben. Sicher, ich wusste, dass es ihr gesundheitlich nicht gut ging, dass sie bettlägerig und fast blind war. Doch – Astrid Lindgren tot? Ich war sehr traurig, schaute mir ihr Begräbnis im Fernsehen an und – freute mich. Während ein Zug mit vielen Berittenen Astrid Lindgrens Sarg folgten, während eine riesige Anzahl von Menschen das Geschehen verfolgte, versuchte ein weißer Hengst auszubüchsen, der als Symbol der Freiheit, als Symbol für Astrid, im Zug mitlief. Ein Mann hielt ihn am Zügel, aber ich sah, wie der Hengst sich ständig sträubte, wie er die Mähne schüttelte, als wolle er sagen „nicht mit mir, ich will meine Freiheit". Ich freute mich, denn in ihm erkannte ich Astrid Lindgren wieder. Sie hat immer ihre Meinung gesagt und sich nie beirren lassen. Sie ist ein Vorbild für mich!

Februar

Mein Fuß war wieder halbwegs in Ordnung, ich konnte laufen, musste nicht mehr durch die Wohnung hüpfen, da war es naheliegend, dass wir wieder wegwollten, raus, etwas erleben. Nur ein paar Tage etwas anderes sehen. In der Firma war nicht viel zu tun, ich bekam frei und Tom hatte noch Überstunden gut. Das passte! Das Schmuddelwetter legte sich, es war – Gott sei Dank – wieder kälter geworden.

Jedes Jahr findet Anfang Februar in Jokkmokk, in der besagten „Pizza-Lappland-Stadt", der „Jokkmokk marknad" statt. Das ist ein Markt, auf dem die Sami ihre Waren verkaufen, ein traditioneller Markt, der bereits über achthundert Jahre alt ist. Tom kannte diesen Markt. Er hatte seit seiner Jugend den Norden Europas regelmäßig bereist und hatte den Markt schon öfters besucht. Er hatte auch noch alte Bekannte in Jokkmokk, bei denen wir wohnen konnten. So machten wir uns eines Morgens ganz früh, es war noch dunkel, auf den Weg nach Lappland. Wir fuhren durchs Inland über Dorotea und Arvidsjaur und kamen sehr spät abends bei Toms Bekannten an. Dort fielen wir todmüde ins Bett, waren jedoch am nächsten Morgen wieder fit, denn wir wollten ja den Markt sehen. Um zehn Uhr morgens öffneten die Stände, die Sonne ging auf, es war noch nicht richtig hell, aber wir sahen, dass es ein schöner Tag werden sollte. Unsere Bekannten wohnten direkt in der Stadt, so konnten wir von dort losgehen und dabei zuschauen, wie sich der Markt langsam füllte. Wir hatten Zeit und Muße, uns alles anzusehen. Die Sami verkauften ihre selbstgearbeiteten Messer, Schmuck und wunderschöne weiche, handgearbeitete Lederschuhe. Es gab exzellent verarbeitete Holzschüsseln und „kåsor" – das sind Trinkschüsseln aus Holz – oder fein gearbeitete Hals- und Armbänder aus Silberdraht und Leder. Ein Händler verkaufte Rucksäcke aus Rentier- und Elchleder, die er selbst genäht hatte, ein anderer pries ausgestopfte

Schneehühner an. Man konnte warme Wollpullover, dicke Lederhandschuhe, selbstgestrickte Socken und Jacken aus Seehundfellen erstehen. Wir bewunderten die neuesten Skooter, die einen viel leiseren Motor als ältere Modelle hatten, es gab eine runde Sauna auf Rädern und natürlich viel zu essen. Rentierburger, Elchwurst, getrocknetes Rentierfleisch, „palt", das sind Knödel mit Speckfüllung – für alle Bedürfnisse war gesorgt. Wir schlenderten zwischen den Ständen hindurch, plauderten mit den Händlern, die viel Zeit zu haben schienen, wir hörten viele ausländische Stimmen, auch deutsche. Der Markt in Jokkmokk ist ein beliebtes Ziel von Touristen, weil er auch heute noch zu den traditionellsten gehört. Sicher konnten wir auch hier ein paar Stände sehen, die Ramsch feilboten, aber die meisten Händler verkauften gut verarbeitete, oft selbst hergestellte Waren, die in irgendeiner Form mit dem Norden zu tun hatten.

Am Abend war Fest angesagt. Im Jokkmokk-Hotel trat eine Band auf, im „bygdegård", den kleinen Holzhäuschen, wo sich früher die Gemeindemitglieder trafen, spielte traditionelle Geigenmusik, dort war auch Tanz. Eine junge samische Musikerin „joikte".

Zudem war eine Bühne aus Eisblöcken aufgebaut, auch die Sitzplätze bestanden aus Eis, belegt waren sie mit Rentierfellen. Hier fanden Theatervorstellungen und Modevorführungen statt. Es gab so viel zu sehen! Aber wir hatten ja auch noch am nächsten Tag Zeit. Da schauten wir uns vor allem die Waren der Handwerker an, die in der alten Schule von Jokkmokk ausstellten. Wir lernten einen alten Sami aus Kiruna kennen, der filigran gearbeitete Gürtel und Armbänder aus Rentierhorn herstellte und mit Gravuren versah. Ich konnte mich von seinem Stand kaum losreißen. Vor allem faszinierte mich der Sami selbst. Gunnar Svonni sprach wenig und wenn er sprach, dann nur ganz langsam. Ich hatte den Eindruck,

dass er ungeheuer schüchtern war. Denn als wir seine Handwerkskunst lobten, bekam er leichte rote Flecken auf den Wangen. Ich bestellte bei Gunnar ein Armband mit einer speziellen Gravur, die er nicht in meiner Größe dahatte, und dieses Armband ist auch heute noch eines meiner schönsten Schmuckstücke. Zwei Jahre nach dem Markt sind wir über ein Wochenende nach Kiruna geflogen und haben Gunnar in seinem kleinen Haus besucht. Und es war erfrischend zu sehen, wie dieser alte Mann sich noch so gut an uns erinnern konnte und wie gastfreundlich er uns bei sich aufgenommen hat.
Voller neuer Eindrücke machten wir uns wieder auf den Weg in den Süden. Wir machten Halt in Arvidsjaur, der Stadt, in der große deutsche Autofirmen Testfahrten auf den zugefrorenen Seen Lapplands machen. In einem kleinen Café mitten in der Stadt war die Speisekarte unter anderem auf Deutsch zu lesen und wir verwöhnten unsere Mägen mit Schweinebraten und Knödeln. Ein wunderbar wärmendes Essen, wenn es kalt ist. Es ging weiter über die Europastraße am Meer entlang und als wir die ersten Papierfabriken bei Sundsvall „rochen", wussten wir, jetzt dauert es nicht mehr lange bis nach Dalarna. Aber es war eine lange Fahrt, neunhundert Kilometer, und das im Winter, auf schneebedeckten Straßen. Wir waren froh, als wir heil zuhause angekommen waren.

Ab Mitte Februar bemerkten wir, dass sich die Natur veränderte. Es war kalt, aber allmählich wurde es wieder heller. Wenn die Sonne vom Himmel strahlte, dann war sie schon eigentümlich warm. Wir konnten uns auf unsere Klappstühle auf die Terrasse setzen, mümmelten uns in dicke Decken ein, rauchten Pfeife und ließen uns die wärmenden Sonnenstrahlen aufs Gesicht scheinen. Smilla wälzte sich im Schnee, rollte sich wie eine Kugel zusammen, steckte ihr Gesicht in den Schwanz und schlief in der Sonne. Ich bekam die ersten Sommersprossen. Es machte wieder Spaß, draußen zu sein. Die Seen waren jetzt richtig zugefroren. Wir mussten keine Angst haben, einzubrechen und so schnappten wir in jeder freien Minute unsere Skier und machten auf dem „Dalälven" Langlauf. Ich musste mit meinem Fuß noch vorsichtig sein, konnte keine kleinen Hügel fahren, weil ich Angst hatte, umzuknicken, deshalb war der flache zugefrorene Fluss perfekt für mich.

Wir bekamen auch wieder Besuch. Diesmal ein deutscher Freund, der schon viele Jahre in Schweden lebt. Er kam mit seiner Freundin aus Stockholm. Die beiden brachten ihre Gitarre und ihre Schlittschuhe mit und wir verbrachten ein schönes Wochenende in der Natur und drinnen im Haus, am Kamin. Sie beneideten uns ein wenig, weil wir in einem großen Haus wohnen konnten und dafür so wenig Miete zahlen mussten. Uns war dieses Privilegium bisher gar nicht aufgefallen. Aber wir ließen uns gerne bewundern. Dirk und Jeanette lebten in einer Einzimmerwohnung in Bromma, einem Stadtteil von Stockholm. Sie bezahlten für ihre fünfundzwanzig Quadratmeter so viel wie wir hier für das ganze Haus. Und so waren wir mal wieder zufrieden mit unserer Wahl: Dalarna, Vansbro, ein kleines Städtchen, in dem es drei Tankstellen gibt.

Manchmal jedoch meinten wir in einer Großstadt zu leben und zwar dann, wenn die Stockholmer am Wochenende durch Vansbro fuhren, um nach Sälen, den nächstgelegenen Skiort, zu kommen. Freitag war Abreisetag in Sälen und gleichzeitig Ankunftstag. Das hieß, am Freitag fuhr halb Stockholm durch Vansbro, tankte an einer der drei Tankstellen, aß vielleicht noch eine Pizza oder zwei, kaufte beim Bäcker Vesper und dann ging es weiter, Richtung Berge. Manchmal standen wir an der Straße, wollten sie gerne überqueren, aber es ging nicht. Die Autos fuhren dicht an dicht, sie kamen von rechts und links gleichzeitig. Rushhour in Vansbro und das den ganzen Tag. Als wir verstanden hatten, dass es nur freitags so war, vermieden wir es, an diesem Tag in die Stadt zu gehen. Nur manchmal, wenn wir wieder mal Sehnsucht nach etwas Neuem verspürten, dann machten wir an genau diesem Tag einen kleinen Spaziergang zur Shell- oder OK-Tankstelle. Wir gingen in die kleinen Läden, lauschten den vielen Stimmen und kamen uns wie in der Großstadt vor. Einmal hörte ich sogar Schwäbisch. Zuerst konnte ich es nicht glauben, aber es war wahr. Meine Heimatsprache war zu hören, Menschen aus Süddeutschland, aus zwei-tausendfünfhundert Kilometer Entfernung. Warum? Vor dem einzigen Hotel Vansbros standen mindestens zehn in schwarze Tücher eingehüllte Autos. Testfahrer von Daimler machten Station und das bei uns, in unserem kleinen Kaff. Tom und ich gesellten uns unauffällig zum Lunchbüffet des Hotels. Wir sprachen schwedisch miteinander und lauschten fasziniert den vertrauten heimatlichen Klängen. Ich bekam Heimweh, Heimweh nach der Sprache, nach den Menschen, mit denen man so leicht – auf Schwäbisch – ins Gespräch kommen konnte, und Heimweh nach einer frischen Butterbrezel und Maultaschen.

Toms Geburtstag rückte näher, wir überlegten und wussten, wir wollten wieder weg. Wir fuhren an den Siljansee, das heißt, wir fuhren rund um den Siljansee. Zuerst ging die Fahrt nach Leksand, einer überschau-baren Kleinstadt, fünfzig Kilometer von Vansbro entfernt. Die Fahrt dorthin war nicht sehr aufregend. Am Anfang und am Ende sahen wir Häuser, die vierzig Kilometer dazwischen war nichts als Wald. Aber dann wurde es spannender. In der Nähe von Leksand gibt es auf einer Anhöhe eine kleine „Handwerksschule" mit Laden, also eine Schule, in der man ein Jahr lang eine Handwerksausbildung im Nähen, in Holzverarbeitung, im Weben, im Filzen … machen kann. Dazu gibt es einen kleinen Ausstellungsladen, ein Café und Unterrichtsräume, die jedoch nicht für die Allgemeinheit zugänglich sind. Die Schule ist in ganz Schweden recht bekannt, auch für hohe Qualität. Wir bewunderten die handgearbeiteten Teppiche, Stoffe und Holzarbeiten, wir ließen es uns im ökologischen Café gut gehen und fuhren weiter, nach Tällberg. Tällberg ist der Urlaubsort für Dalarna-Touristen, hübsch auf einer Anhöhe gelegen. Hier finden sich die schönsten und teuersten Holzhäuschen und schnuckeligsten Hotels mit gutem Essen. Wir aßen „lunch", wurden schon bei der Vorspeise mit Forelle, Lachs und frischen Salaten satt und machen uns weiter auf den Weg nach Mora. Dort besuchten wir die Ausstellung von Anders Zorn und schauten uns seine Wassernixen und Frauengestalten an, die mit üppigen Körperformen ausgestattet sind, und dann machten wir uns wieder auf den Heimweg. Wir ließen das „tomteland" aus, auf Zwerge und Weihnachten hatte wir keine Lust, schöner wäre es, wenn der Frühling bald käme.

Zuerst jedoch blieb es ziemlich kalt, manchmal war es auch nasskalt, aber mir machte dies ausnahmsweise nichts aus, denn ich wollte für einen Tag und vor allem für eine Nacht nach Stockholm fahren. Von einer deutschen Buchhandelszeitschrift hatte ich den Auftrag bekommen, über den Buchausverkauf in Schweden zu berichten. Buchausverkauf – so etwas gibt es in Deutschland nicht. In Deutschland haben die Bücher immer noch feste Preise. In Schweden ist die Preisbindung für Bücher seit vielen Jahren abgeschafft und so findet jedes Jahr Ende Februar, wenn die Bevölkerung gerade ihr Gehalt in der Tasche hat, die „bokrea" statt, der Buchausverkauf. Ich war gespannt und gleichzeitig aufgeregt, denn ich sollte heute Abend um Mitternacht in den „Akademibokhandel" gehen, Fotos

schießen und mir anschauen, wie eine solche „bokrea"
abläuft.
Um sechs Uhr abends fuhr ich von Vansbro mit dem
Zug nach Stockholm. Diesmal klappte alles wie am
Schnürchen. Ich war um zehn Uhr da, brachte mein
Gepäck wieder mal in die bekannte Jugendherberge und
machte mich zu Fuß auf den Weg in die Stadt. Es war
dunkel, ich war in der Großstadt, ich stand in der Nähe der
Buchhandlung, die um Mitternacht öffnen sollte und sah,
wie sich allmählich vor dem Eingang eine Schlange bildete.
Merkwürdig, ist dies wirklich ein so großes Ereignis, dass
man sich anstellen muss? Ich fotografierte, ich fror, denn
es war eiskalt, und wünschte mir einen Menschen mit
Bauchladen, der heißen Tee verkauft. Vielleicht eine
Marktlücke? Die Schlange wurde lang und länger, noch
ein paar Minuten bis Mitternacht und dann ging endlich
die Tür auf und die Menge strömte in den erhellten,
warmen Laden. Die meisten griffen sich einen der
Plastikkörbe, die am Eingang standen, und sprangen
zielstrebig zu den mit Unmengen von Büchern gefüllten
Regalen. Ich wollte nichts kaufen, wollte nur schauen,
beobachten, zusehen, was passieren würde.
Anscheinend wussten viele, was sie suchten und wo sie
suchen mussten. Die Buchschnäppchenkäufer hatten sich
wohl schon zuhause vorbereitet und sich in den Buch-
katalogen, die zwei Wochen vor dem Ausverkauf in den
Briefkästen verteilt werden, die ersehnten Bücher
gekennzeichnet. Flugs hatten die Ersten ihre Körbe voll,
brachten sie zur Kasse, zahlten und gingen mit einem
glücklichen Lächeln auf den Lippen nach draußen. Ich
kam mir wie bei Aldi, Donnerstag morgens vor, wenn ein
besonderes Sonderangebot angepriesen wurde. Immer
mehr Menschen strömten in den Laden. Wie gesagt, es war
kurz nach Mitternacht, aber anscheinend wohnen in
Stockholm viele euphorische Schnäppchenkäufer.
Freundliche Verkäufer boten „pepparkakor" und Tee an

(hätte ich gerne draußen in der Kälte gehabt), sie beantworteten Fragen, schleppten noch mehr Bücher an. Es war faszinierend zuzuschauen, wie die Regale sich leerten, wie viele Bücher gekauft wurden und vor allem in welcher Geschwindigkeit das Ganze vor sich ging. Als es allmählich etwas ruhiger wurde, schaute ich mir die Bücher an, die es hier im Sonderangebot zu kaufen gab. Gebundene Romane von Marianne Fredriksson für sechs Euro, Selma Lagerlöfs „Nils Holgersson" mit Bildern für acht Euro. Biografien und Wörterbücher zum halben Preis, englischsprachige Taschenbücher für fast nichts, Hörbücher und Kinderbücher gingen am schnellsten weg. Ihre Preise waren am stärksten reduziert.

Ich schlug einen Roman auf – und war entsetzt. Das Papier war gelblich und grob gefasert, die Schrift kaum zu lesen. Das nächste Buch, hier dasselbe. Sind die heruntergesetzten Bücher denn eigens auf schlechtem Papier gedruckt worden? Ich fragte eine der Verkäuferinnen. -

„Ja", meinte sie etwas zögerlich, „manche Verlage lassen wirklich eine Sonderauflage für den Buchausverkauf drucken. Aber wir haben auch richtige preisreduzierte Bücher." Sie zeigte mir einige davon. Ich war wieder versöhnt. Die „bokrea" ist ein wichtiges Ereignis für die Buchbranche. Nicht nur, weil die Buchläden dabei viel Umsatz machen, es ist auch ein Zeichen dafür, wie wichtig Bücher in diesem Land sind. In Schweden wird viel gelesen, Autoren haben einen hohen Stellenwert, sie sind sehr angesehen. Und doch ist es hier, wie in anderen Ländern auch, dass das Lesen insgesamt in der Bevölkerung abnimmt. Und so eine „bokrea" zeigt, wie wichtig Bücher sind – genauso wichtig wie das Tragen von Kleidung, das Hören von Musik …

Nach zwei Stunden war der Spuk vorbei, der Laden wurde wieder geschlossen, ich lief müde zur Jugendherberge. Am nächsten Morgen um sechs Uhr sollte die Buchabteilung im NK, der „Nordiska Kompaniet", aufmachen, aber das verkniff ich mir. Bücher können warten. Ich schlief erst mal aus, genoss das gute Frühstück und zog dann gegen Mittag noch mal los. Diesmal ging ich zum „Stureplan". Hier schaute ich mir die Buchhandlung Hedengrens an, eine alteingesessene Buchhandlung, eine der wenigen, die noch nicht zu einer Kette gehört. Der „Stureplan" ist ein kleines, exklusives Einkaufszentrum, nicht weit vom Zentrum gelegen. Geht man durch den Eingang und läuft zirka fünfzig Meter weiter, dann stößt man auf ein kleines, mit einem Geländer versehenes Rondell. Ich schaute vom Lichthof nach unten und sah einen kleinen Verkaufsraum, gefüllt mit Unmengen von Büchern und einer runden Bank, in dem sich einige Buchkäufer aufhielten und lasen. Dies ist die englische Taschenbuchabteilung der Buchhandlung. Immer wenn ich nach Stockholm komme, gehe ich in den „Stureplan", um dieses Bild zu genießen. Ich schaue nach unten wie in einen Brunnen und sehe die Menschen, die sich beim Lesen nicht stören lassen. Ich stelle mir vor, wie ich in diesen Brunnen hineinfalle, versinke und in einem Meer von Büchern wieder aufwache. Ich kann lesen, wann und was ich will, ich lese und lese und wenn ich hundert Jahre alt bin, lese ich immer noch.

Ich ging in den Laden, sah mich um, beobachtete wieder und interviewte den Verkaufsleiter, fragte ihn über die Gewohnheiten der Leser bei der „bokrea" aus und er gab mir freundlich Antwort. Es gäbe viele Stammkunden hier, meinte er, die sehnsüchtig auf den Ausverkauf warten, die genau wüssten, was sie wollen, die viel Ahnung von Büchern hätten. Die Schweden sind ein Volk von Lesern. „Und wir brauchen diesen Zusatzumsatz, um zu überleben", meinte er am Ende noch. Ja, in Schweden gibt es nur einige wenige, dafür jedoch einflussreiche Buchhandelsketten, die das Buchgeschäft steuern. Da ist es wichtig, dass man die „Kleinen" unterstützt. Denn sie sind es, die für Vielfalt sorgen, die auch Titel kleinerer Verlage auf Lager haben, unbekannte Autoren, die ungewöhnlich schreiben. Ich kaufte einen preisreduzierten Roman von Henning Mankell, ging nach draußen und begab mich noch in eines der größten Antiquariate Stockholms, in derselben Straße wie der „Stureplan" gelegen. Ich war schon einige Male hier gewesen und bin immer wieder über die riesige Auswahl an Secondhandbüchern erstaunt, die dieser Laden zu bieten hat. Hier erstand ich ein siebzig Jahre altes Märchenbilderbuch von Hans Christian Andersen, dann war es schon wieder Zeit für die Rückreise. Auf der dunklen Fahrt konnte ich nur noch die Augen zumachen und dösen. Ich war erschlagen von den vielen Eindrücken und musste sie erst einmal verarbeiten.

Am nächsten Tag arbeitete ich wieder, ich war nicht so recht bei der Sache, all die vielen Bücher, die vielen Menschen, die die Bücher gekauft hatten, schwirrten mir im Kopf herum. Ich schrieb den Artikel für die Zeitschrift und versuchte wieder zum gewohnten Alltag zurückzufinden: arbeiten, Buchhaltung auf Schwedisch, Post erledigen, Reklamationen bearbeiten. Aber das war es nicht, was ich wollte.

März

Ich spürte, dass mich die Arbeit trotz der meist netten Kollegen, trotz Massage alle zwei Wochen, trotz „fika" nicht zufriedenstellte. Anfang März bekam ich zudem eine neue Aufgabe. Ich war die Hälfte der Zeit im Büro, die andere Hälfte sollte ich ab sofort eine russische Kollegin unterstützen, die im Lager Rechnungen für die gefertigten Seilwinden und Sägeblätter schrieb. Elwira war eine hochgewachsene, schlanke Frau, die seit über zehn Jahren in Schweden lebte, mit einem Schweden verheiratet war und mit ihm zwei Kinder hatte. Sie war überaus selbstbewusst und sprach mit fester, energischer Stimme. Sie sollte mich in meine neue Arbeit einweisen. Schon bei unserer ersten Begegnung hatte ich den Eindruck, dass sie mich nicht mochte. Dachte sie, ich wolle ihr die Arbeit wegnehmen? Sie versuchte mich über meine Familie auszufragen in Deutschland, warum ich überhaupt hier sei …; und ich bemerkte, dass sie hellhörig wurde, als ich erzählte, dass ich Literatur studiert habe und gerne mit Büchern arbeiten würde. Jetzt setzte sie ein Lächeln auf. Als ich berichtete, dass ich zehn Jahre lang in der Werbung und im Verkauf gearbeitet hatte, bekam sie Falten auf die Stirn und wechselte schnell das Thema. Elwira setzte sich neben mich und versuchte mir mit ihrem schwer verständlichen russischen Akzent zu erklären, wie man eine Rechnung schrieb. Ich verstand sie nicht sonderlich gut, ich war damals froh, wenn ich den Dialekt in Dalarna einigermaßen deuten konnte, aber ihr Russisch-Schwedisch war eine große Herausforderung für mich. So begriff ich ihre Erklärungen oft nicht beim ersten Mal, ich musste nachfragen. Am Anfang reagierte sie noch gelassen, später jedoch, nach mehreren Fragen, wurde sie ärgerlich. Dann riss sie mir den Stift aus der Hand und schrieb selbst die Zahlen, die ich auf das Blatt Papier schreiben sollte. Ihre Augen funkelten, sie sprang von ihrem Stuhl auf und lief weg.

Noch schlimmer wurde es, als ich die Kundendatei im Computer verstehen sollte. Die Datei war nach Vornamen sortiert, nicht nach Nachnamen. Ich sollte dort einen Kalle Larsson finden und ihm eine Rechung über drei Sägeblätter schreiben. Aber es gab mindestens dreißig Kalle Larssons. Ich musste wieder nachhaken und fragte mich selbst, wie man so dumm sein konnte, eine Datei nach Vornamen zu ordnen. Später erkannte ich, dass es genau so dumm ist, sie nach Nachnamen zu ordnen, denn bei mindestens zweihundertfünfzigtausend Larssons in Schweden hätte ich auch keine Chance, den Kunden anhand seines Nachnamens zu finden. Warum heißen die Schweden alle gleich? Ich war wirklich sauer. Elwira mochte für meinen Chef eine fähige Mitarbeiterin sein, weil sie zuverlässig und schnell arbeitete. Aber sie brachte keinerlei Fähigkeiten mit, wenn es darum ging, jemandem etwas zu erklären. Ich kam mir vor wie in der Grundschule. Damals hatte ich in der ersten und zweiten Klasse eine knallharte Lehrerin, die allen Schülern jeden Tag eine Strafarbeit aufbrummte, weil wir anscheinend zu viel miteinander gesprochen hatten. Und diese schreckliche Lehrerin erinnerte mich in ihrem Verhalten ungeheuer an Elwira, ungeduldig und nicht in der Lage, auf andere einzugehen.

Ich spürte, wie ich einen Widerwillen bekam, zur Arbeit zu gehen. An den Tagen, an denen ich im Büro arbeitete, war alles in Ordnung. Dort wusste ich, was ich zu tun hatte, ich beherrschte meine Arbeit, mochte vor allem Stella und Sven. Wenn ich zu Elwira sollte, sträubten sich mir vorher schon alle Nackenhaare. Zwei Wochen schaute ich mir das an, dann bat ich meinen Chef um ein Gespräch. Der vertröstete mich. „In dieser Woche habe ich keine Zeit, nächsten Montag – o.k.?" Ich war einverstanden, überlegte mir, wie ich auf Schwedisch erklären sollte, dass ich mit Elwiras Verhalten nicht zurechtkam, besprach mich mit

Tom und bereitete mich gut vor. Der Montag kam, aber Mats war auf Geschäftsreise. Ich hatte doch ausgemacht …, doch das war wohl nicht wichtig. Die Woche verstrich, auch jetzt gelang es mir nicht, Mats zu einem Gespräch zu bewegen. Währenddessen wurde das Arbeitsklima zwischen Elwira und mir immer schlechter. Sie brachte kaum den Mund auf, wenn ich etwas fragte, sie verweigerte sich. Anscheinend wollte sie einfach nicht, dass ich einen Teil ihrer Arbeit übernahm. An einem Tag, ich saß gerade über einer schwierigen Rechnung, bei der ich wie schon so oft vergeblich die Adresse des Kunden suchte, kam Mats und sagte im Vorbeigehen: „Wir haben einen Großauftrag verloren und können dich leider nicht mehr weiterbeschäftigen!" Ich fiel aus allen Wolken, war nicht nur entsetzt über die Nachricht, dass ich meinen Job verlieren würde. Nein, ich war auch wütend über die Art und Weise, wie Mats mir diese Nachricht überbrachte. Er bat mich nicht zu sich ins Büro, er warf mir seine Worte im Vorbeigehen zu. War das eine angemessene Art, jemanden loszuwerden?

Ich war entrüstet, wollte wissen, warum, wann. Ab Mitte des nächsten Monats brauchte er mich nicht mehr. Ich kostete zu viel Geld, sie hätten keine Arbeit mehr für mich. Mir fehlten die Worte. Ich griff meine Jacke und ging nach Hause, meldete mich krank, ich war am Boden zerstört. Diese Umgangsformen war ich nicht gewohnt. Kann man, darf man und warum nur? Zuhause fiel mir eine meiner schönsten Müslischüsseln aus der Hand und zerbarst in tausend Teile. Jetzt konnte ich endlich losheulen.

„Verdammt! Wegen dieses Deppen verliere ich auch noch eines meiner schönsten Geschirrstücke!" Ich warf mich aufs Bett, schlug mit den Fäusten auf die Matratze ein, schrie und tobte und beruhigte mich allmählich wieder.

„Gefeuert!" Noch nie hatte es bisher jemand gewagt, mich zu feuern. Bisher war ich es immer gewesen, die gekündigt hat, ich hatte die Fäden in der Hand gehabt. Ich.

Vielleicht war es vor allem auch diese neue Situation, die mich so fürchterlich wütend machte. Gekündigt, gefeuert, unbrauchbar, ein Kostenfaktor …, diese Wörter gingen mir durch den Kopf. Als Tom von der Arbeit heimkam, war ich schon gefasster. Ich warf mich in seine Arme, erzählte, was passiert war, und ließ mich trösten. Auch Tom konnte die Art und Weise, wie die Kündigung abgelaufen war, nicht verstehen. Er war Personalchef, er weiß, wie man einem Mitarbeiter kündigt. Wir redeten lange über die Situation und erkannten am Ende auch die positiven Seiten der Kündigung. Ich wollte ja im Grunde wieder mit Büchern arbeiten, ich wollte gerne, zumindest in Ansätzen, in meinem alten Beruf arbeiten. Vielleicht konnte ich die Zusammenarbeit mit den Zeitschriften und der Fernschule ausweiten. Langsam begann ich mich mit dem Gedanken anzufreunden, dass meine Arbeit in der Säge- und Seilwindenfirma in wenigen Wochen zu Ende sein sollte. Ich hatte ja eh vor, meine Kleine in Deutschland zu besuchen, ich wollte sowieso lieber Artikel und den Lehrgang über Kinderliteratur schreiben …
Ich blieb ein paar Tage zuhause, schöpfte neue Kraft, damit ich mit Mats alles Weitere besprechen konnte, und bat darum, in den letzten Wochen im Büro arbeiten zu dürfen. Elwira wollte ich nicht mehr sehen. Dies wurde mir gestattet.

Um die ganze Situation aus dem Kopf zu bekommen, fuhren wir am Wochenende mit Smilla nach Grövelsjön in die Berge, nahe der norwegischen Grenze. Wir wohnten wie immer in der Jugendherberge, die jedoch eher wie ein Hotel ausgestattet ist. Schon als wir das Gebäude betraten, stieg uns ein frischer Duft von Leinöl in die Nase. Die stattlichen Holzmöbel im Haus waren allesamt ökologisch behandelt und dufteten wunderbar. Wir blieben zwei Nächte, ließen uns mit köstlichem Essen verwöhnen und genossen vor allem das Wetter, das für meine gedrückte

Stimmung genau richtig war. Die Sonne knallte vom Himmel, wir fuhren Ski auf schneeweißen, einsamen Bergen, ohne einen Menschen zu treffen. Es war fantastisch. Unten im Tal gab es auch eine Langlaufspur, die nach Norwegen führte. Die nahmen wir und ließen uns in einer gemütlich ausgestatteten Hütte mit Waffeln und Konfitüre bewirten. Ein gutes Essen hilft immer – bei mir zumindest.

Wir waren den ganzen Tag draußen, liefen Ski, es war schön. An eine Situation kann ich mich jedoch noch heute erinnern, an eine schreckliche Situation, bei der ich noch mehr weinte als vor ein paar Tagen, als ich die mündliche Kündigung bekommen hatte. Wir waren auf einem schnee-weißen Berg, unsere Skier glitten leicht dahin. Tom hatte Smilla mit einer Leine um die Hüften gebunden, ich fuhr alleine. Und da Tom mit Smilla mehr Fahrt hatte als ich, blieb ich ein wenig hinter den beiden zurück. Ich hielt mich immer in Toms Spur, vertraute ihm, er würde schon wissen, wohin wir fahren würden. Plötzlich merkte ich, dass der Berg immer steiler wurde. Er neigte sich immer mehr, ich musste mich gegen den Berg stemmen, damit ich nicht umfiel. Tom war über hundert Meter vor mir, ich stand am Berg und … konnte nicht mehr weiter. Der Hang war so steil, dass ich nicht mehr wusste, wie ich hinunterfahren sollte. Ich hatte Höhenangst, konnte nicht mehr nach unten schauen. Ich blieb stehen und rührte mich nicht mehr vom Fleck. Nicht einmal rufen konnte ich, ich war unfähig, irgendetwas zu tun. Kalter Schweiß brach mir aus, ich schwitzte und fror gleichzeitig, ich versuchte Tom hinterherzurufen, aber es ging nicht. Da merkte Tom, dass ich zurückgeblieben war, er fuhr zurück, war einige Meter unter mir. „Komm", rief er mir zu. „Fahr langsam und schräg nach unten!" Nichts ging. Die Tränen liefen mir die Wangen herunter, ich dachte, nun ist es aus mit mir. Ich muss sterben. Ich schaute nach oben, nach unten ging nicht, ich weinte und schwitzte. Vor Verzweiflung wollte ich meine Skier abschnallen. „Nein, nicht. Hier ist Tiefschnee!", schrie Tom mir erschrocken zu. Ich begriff, zumindest mein Hirn funktionierte noch. „Steig langsam nach unten, mach Treppchen, du schaffst es!" Ich versuchte mein Bestes, schaute nach oben und stieg zentimeterweise nach unten und allmählich wurde der Abstand zu Tom kleiner. Als ich bei ihm ankam, war ich völlig erschöpft, hatte zittrige Knie, mein Gesicht glühte vor Hitze und Tränen. „Warum hast du mir nicht gesagt, dass du Höhenangst hast?", fragte mich Tom. Ich hatte bisher keine Gelegenheit dazu gehabt, bisher gab es eine solche Situation nicht. Zudem konnte ich nicht reden, ich war nur froh, dass ich diesen Abstieg heil überlebt hatte. Wir fuhren langsam den Berg hinunter. Jetzt war er nicht mehr steil, er fiel leicht schräg ab, das schaffte ich. In der Jugendherberge angekommen, setzte ich mich erst mal in die heiße Sauna. Solch ein Schrecken macht müde und erschöpft. Ich schwitzte mir die Seele vom Leib und fragte mich, ob es das alles wert war. Gefeuert, keinen Job mehr, kein Einkommen, meine Töchter so weit weg, meine Freunde nicht da und dann musste ich in der Freizeit auch noch Todesangst ausstehen. Warum tat ich mir das alles an?

Diese Fragen stellte ich mir nicht mehr, als wir am nächsten Morgen ausgeruht und frisch in unserem gemütlich eingerichteten Zimmer aufwachten und bei Sonnenaufgang auf dem Berg Schneehühner beobachteten, die schreiend und kreischend über unsere Köpfe hinwegflogen. Noch nie hatte ich lebendige Schneehühner gesehen. Bisher kannte ich sie nur ausgestopft vom Markt in Jokkmokk. Jetzt jedoch sah ich die schneeweißen Vögel, beobachtete, wie sie die Sonne, die gerade hinter den Bergen hervorkam, mit spitzen Schreien begrüßten. Ich hätte gerne auch geschrien, aber damit hätte ich sie sicher erschreckt. So schrie ich leise in mich hinein und wusste wieder, warum ich hier war.

Ich hatte noch ein paar Urlaubstage und so war die Zeit in der Sägeblattfirma überschaubar. Noch eine Woche, bis Ende März, dann war meine Arbeit dort beendet. Meine Kollegen im Büro brachten am letzten Tag eine Torte mit, eine Marzipantorte. Zum letzten Mal „fika", diesmal weinte ich nicht, ich war froh, dass es vorbei war. Elwira sah ich nur noch von Weitem und das war gut so. Zuhause saß ich vor meinem Laptop. Ich schrieb an meinem Kurs über Kinderliteratur, ich fragte bei schwedischen Kinderbuchverlagen an, ob sie jemanden bräuchten, der Gutachten über deutsche Kinderbücher schrieb. Ich sollte Vorschläge machen. Tat ich. Ich sammelte Ideen, die besten kamen mir, wenn ich mit Smilla im Wald unterwegs war. Was für ein Glück, dass Hunde nicht reden können! Und sie, die Liebe, Faule mit den tiefbraunen Augen konnte nicht mal bellen. Es war still, wenn ich mit ihr kreuz und quer im Wald herum-streunte. Ich konnte wieder denken. Was sollte ich tun? Womit kann ich Geld verdienen? Was würde ich gerne arbeiten, wenn ich könnte, wie ich wollte? Ich schrieb meine Ideen auf. Die meisten verwarf ich wieder. Einige blieben übrig. Ja, ich möchte gerne Vorträge halten. Vorträge über deutsche Kinderliteratur und Vor-träge über Schweden, über meine Auswanderung, über meine Erlebnisse hier im Norden. Diese Vorträge würde ich in Deutschland halten, zum Beispiel an meiner alten Volkshochschule, an der ich früher Yoga unterrichtet hatte. Ich setzte mich an meinen Schreibtisch und telefonierte. Ich fragte, pries mich an, ich erzählte und durfte meine Vorschläge schicken. Warum nicht auch andere Volkshochschulen fragen? Ich erweiterte meinen Radius, fragte in Stuttgart, in Esslingen, in Tübingen. Viele waren interessiert. Diese Vorträge konnten jedoch erst im Herbst stattfinden, sie bräuchten ein halbes Jahr Vor-laufzeit. Okay, das war in Ordnung.

Ich schrieb ans Goetheinstitut in Stockholm und bot dessen Chef Volker Pfeiffer einen Vortrag über neue deutsche Kinderliteratur an. Es müsste doch in Stockholm ein paar Menschen geben, die sich dafür interessieren – oder? Er überlegte und sagte zu. Das Kinderbuchinstitut fiel mir ein, das „barnboksinstitutet" in Stockholm, in dem regelmäßig Veranstaltungen zum Thema Kinderbuch stattfanden. Jetzt erkannte ich: Es ist gut, ins kalte Wasser geworfen zu werden. Jetzt erwachte meine Kreativität, ich überlegte mir, womit ich arbeiten wollte. So gesehen war ich ein Stück weiter als zur selben Zeit im letzten Jahr. Damals hatte ich bei meinem Verlag gekündigt. Ich wusste nur, dass ich wegwollte, dass ich zu Tom wollte, etwas Neues erleben. Meine Arbeit war mir nicht so wichtig. Jetzt, nach einem Jahr in einem fremden Land, wurde mir wieder bewusst, wie sehr ich Bücher brauchte und die Arbeit mit Literatur liebe. Sicher würde ich es schaffen, damit Geld zu verdienen. Ganz sicher!

Das jedoch sollte noch eine ganze Weile dauern. Denn zuerst einmal kam alles ganz anders.

Hiltrud Baier hat Pädagogik und Deutsche Literatur
studiert und viele Jahre in Verlagen gearbeitet.
2001 wanderte sie nach Schweden aus und hat seitdem in
den unterschiedlichsten Bereichen gearbeitet, u.a. als
Redakteurin in einem schwedischen Verlag.
2007 veröffentlichte sie das Buch „Schweden für
Einsteiger. Das Buch für die erfolgreiche Auswanderung".

Die Autorin hält in Deutschland Vorträge zum Thema
deutsche Literatur, sie unterrichtet Kreatives Schreiben
und vor allem informiert sie seit vielen Jahren über das
Land Schweden und dessen Bewohner.
Sie wohnte in Dalarna und Jämtland, seit Kurzem lebt sie
in Lappland.

www.norrbooks.com
www.auswandern-schweden.com